KB007490

나의 할아버지,
인민군 소년병

나의 할아버지,
인민군 소년병

1판1쇄 발행 2020년 8월 24일
1판2쇄 발행 2021년 4월 26일

지은이   문영숙
펴낸이   김형근
펴낸곳   서울셀렉션 ㈜
편   집   문화주
디자인   이찬미
마케팅   김종현

등   록   2003년 1월 28일(제1-3169호)
주   소   서울시 종로구 삼청로 6 (03062)
편집부   전화 02-734-9567 팩스 02-734-9562
영업부   전화 02-734-9565 팩스 02-734-9563
홈페이지   www.seoulselection.com

ISBN 979-11-89809-34-8 43810

나의 할아버지,
인민군 소년병

문영숙

서울셀렉션

이 소설은 한국전쟁에 참전했던 어느 인민군 소년병의 수기를 바탕으로 쓴 글이다. 주인공 '나'의 이야기는 수기의 내용을 충실히 따른 것이다. 다만, 원작자를 비롯한 등장인물의 이름은 모두 가명을 사용했다. 수기에 등장하는 주인공의 가족이나 친척들이 아직 북한에 살아 있을 수 있어 그들이 불이익을 당할지도 모른다는, 원작자 자녀의 염려 때문이다. 수기를 남긴 주인공과 이를 소설로 쓸 수 있게 허락해 준 가족분들께 감사드린다.

차례

증인들을 찾아서

고등학교에서는 누구나 하나 이상의 동아리 활동이 필수다. '학종' 시대에는 동아리 활동이 대학 진학 점수에 연결되기 때문이다. 현우의 장래 희망은 외교관이다. 수많은 동아리 중에서 현우는 그 꿈을 이루는 데 도움이 되는 동아리를 들고 싶었다.

아직 고1인데 벌써부터 대학 입시를 걱정해야 하는 현실이 조금 서글펐지만 할 수 없었다. 중학생이었다면 평소 좋아했던 축구나 미술 동아리를 선택했겠지만, 이제부터는 실전이라는 생각이 현우의 머리를 맴돌았다. 외교관이 되기 위해서는 이왕이면 이름 있는 대하에서 사회과학 계열을 전공하는 것이 좋고, 그러려면 학생부에 그런 분야와 관련해 좋은 기록이 하나라도 더 남는 게 중요했다.

그러던 중에 담임 선생님이 지도 교사인 역사 토론 동아리 '증인들'이 눈에 들어왔다. 여러 나라의 역사를 공부하고 토론 능력을 키울 수 있다는 선생님의 동아리 홍보에 현우의 마음이 흔들렸다.

'저는 1학년 때부터 외교관이라는 꿈을 이루기 위해서 세계사를 공부하고 토론하는 활동을⋯⋯' 현우의 머릿속에 대학 입시에 쓸 자기소개서 문구가 순간적으로 떠올랐다. '증인들'은 현우가 찾던 동아리였다. 현우는 단짝인 수현이에게 졸랐다.

"너 나랑 증인들 안 할래?"

수현이는 시큰둥했다.

"증인들? 담탱이 동아리? 왜?"

"너 교대 가고 싶다며? 교사는 말발이야. 토론하면서 말발 좀 키우라고. 어차피 정해 놓은 동아리도 없잖아."

"하긴, 내가 가고 싶은 대학에 가려면 동아리가 중요하긴 하겠지?"

"당연하지. 우리 중학교 때 독서동아리도 재미있었잖아. 같이 하자. 너한테도 도움이 될 거야."

수현이는 이것저것 살펴본 후에야 증인들에 지원하기로 했다.

"그런데 지원한다고 다 되는 건 아니잖아. 지원자가 많으면 면접도 본다던데."

"내가 알아봤는데 그 동아리는 별로 없을 거래. 암튼 같이 하기로 한 거지?"

수현이가 고개를 끄덕였다. 유치원 때부터 붙어다니던 단짝 친구와 동아리를 함께 할 수 있어서 다행이었다. 현우는 토론에 별 소질이 없어 괜히 혼자 뻘쭘하지 않을까 걱정하던 차였다.

며칠 후 현우의 동아리 활동에 관심이 많은 엄마가 물었다.

"현우야, 너 역사 토론 동아리 신청했다며?"

역시 엄마들은 정보가 빨랐다. 엄마는 수현이 엄마한테 들었다고 했다.

"그런데 그 동아리는 이름이 좀 특이하더라. 증인들? 그게 무슨 뜻이니?"

"저도 자세히는 몰라요. 역사의 증인이 되라 뭐 그런 거 아니겠어요? 의미는 생각 안 해봤어요. 그냥 나중에 대학 갈 때 도움이 될 것 같아서 정한 거라."

"역사의 증인들이라…… 멋있는데? 우리 집에도 산 증인들이 많지. 아무튼 동아리 잘 든 것 같네. 열심히 해 봐."

"누구요? 우리 집에 정말 그런 사람이 있어요?"

"그럼. 옛날 사람들은 다 증인들이지. 엄마 아빠 세대는 군부독재 시대를 살았는걸. 너희 할아버진 전쟁도 겪으셨고. 에휴, 그냥 겪은 게 아니고 인생이 아주 송두리째 바뀌셨지. 전쟁이 뭐라고."

그때 아빠가 현관문을 닫으며 들어오셨다.

"애한테 뭔 쓸데없는 소리야?"

엄마는 하려던 이야기를 멈추고 어깨를 으쓱해 보이셨다. 현우는 엄마의 이야기가 궁금했지만 아빠의 심기를 건드리고 싶지 않아 더 묻지 않았다.

아빠와는 날이 갈수록 사이가 멀어지는 것만 같았다. 현우는 얼마 전 저녁을 먹다 진로에 관한 이야기가 나와 외교관이 되고 싶다고 말했는데, 아빠는 그 말에 별 반응이 없었다. 식사가 끝날 즈음 나지막이 왜 굳이 공무원이 되려 하냐며 되물을 뿐이었다. 현우는 그런 아빠가 너무 섭섭했다.

사실 현우는 아빠와 제대로 이야기를 나눈 적이 언제인지 몰랐다. 현우는 젊은 아빠들이 부러울 정도로 아빠의 나이가 많은 게 싫었다. 아빠와 엄마가 늦게 결혼한 탓도 있지만 결혼한 후에도 5년 동안이나 아이가 없다가 아빠 나이 마흔이 넘어 현우가 태어났기 때문이다. 그래서 현우는 어릴 때 말고는 아빠와 이야기를 나눈 적이 거의 없을 정도였다.

며칠 후 동아리에서 합격 소식이 날아왔다. 수현이도 같이하게 되어 무척 기뻤다. 무엇보다 정규 동아리에 들어갈 수있어서 다행스러웠다.

드디어 동아리 첫 모임이 있는 날. 동아리 회원은 모두 열명이었다. 2학년 선배들이 동아리를 소개하고 각자 돌아가면서 자기를 소개하는 시간을 가졌다. 그리고 학교 옆 돈가스식당에서 조촐하게 신입회원 환영회를 치렀다.

돈가스를 먹는 내내 선배들은 우리 동아리가 '빡센' 동아리라고 겁을 주었다. 공부할 것도 많고 모임도 잦은 편이라고강조했다. 현우는 살짝 걱정스러운 마음이 들었지만, 그래도한국사 같은 수능 과목에 도움이 된다는 말에 안심했다.

두 번째 모임에서는 2학년 선배 네 명이 서로 토론하는 모습을 지켜보았다. 토론이 끝난 후 동아리 회장이 한 학기 동안의 계획에 관해 설명해 주었다. 원래는 토론과 역사 탐방이주요 활동이지만, 이번 학기는 탐방 대신 한국전쟁 70주년

행사를 준비하는 일을 할 거라고 했다. 현우는 왜 그런 행사를 준비해야 하는지 의아했다. 그때 회장 선배가 말했다.

"한국전쟁 때 군인들이 우리 학교를 임시 병원으로 사용했었대. 그때 병원에서 치료를 받고 생존한 군인 중에 한 분이 우리 학교에 장학금도 주고 그랬나 봐. 뭐 그런 인연이 있어서인지 교장 선생님이 이번 70주년 때 일 층 복도에다 한국전쟁 사진이나 기록물 같은 걸 전시해 보자고 하셨거든. 우리가 역사 동아리니깐 우리 동아리 주관으로."

현우는 학교가 오래된 건 알았지만 몇십 년이 지난 전쟁과 관계가 있을 줄은 몰랐다. 자신과 아무 상관이 없는 일이라 생각한 전쟁이 순간 가깝게 느껴져 기분이 이상했다. 선배들은 계속해서 어떤 기록을 전시할지 의논했다. 그때 수현이가 조심스럽게 의견을 냈다.

"전쟁을 겪었던 할머니 할아버지들 이야기를 직접 듣고 손글씨로 써서 전시하는 건 어때요? 우리 옆집 할머니가 북한 뉴스만 보면 전쟁 얘길 하시거든요. 그런 이야긴 쉽게 찾을 수 있을 것 같은데……."

몇 분 동안 갑론을박이 오간 끝에 수현이의 말대로 기록을 모으기로 했다. 일단 각자 주변에서 증언을 할 수 있는 어르신을 찾아보고, 몇 명은 참전용사 같은 분들을 인터뷰하기로 했다. 현우는 며칠 전 엄마가 했던 말이 떠올랐다. 할아버지가 겪으셨다는 전쟁은 분명 한국전쟁일 것이었다.

할아버지는 현우에게 북한에 있는 고향에 대해 말씀하시곤 했다. 하지만 아주 어렸을 때 일이라 세세한 내용은 잘 기억나지 않았다. 할아버지의 고향이 북한이라는 사실과 한국전쟁은 무슨 관련이 있을까?

그렇게 궁금해하던 차에 현우에게 기회가 왔다. 어버이날이 하루 지난 토요일에 요양원에 계신 할아버지를 만나러 가게 된 것이다. 동아리가 아니었으면 별로 가고 싶지 않았을 테지만, 이번엔 달랐다.

할아버지가 계신 곳은 강원도 고성에 있는 통일 전망대 근처 자애요양원이다. 서울에서 가려면 자동차로 네 시간도 더 걸리는 먼 길이었다.

여든여섯이신 할아버지는 3년 전 그곳으로 가셨다. 일흔이 다 되셨을 때부터 고성 바닷가에 있는 그곳 요양원으로 가시겠다고 입버릇처럼 말씀하시곤 했는데, 3년 전에야 소원을 이루신 것이다. 엄마와 아빠는 너무 멀다고 가까이에 있는 요양원을 권했으나 아무도 할아버지의 고집을 꺾을 수가 없었다.

할아버지의 고향은 강원도 통천군 고저읍이라고 했다. 할아버지는 아마 한국전쟁 때 남쪽으로 오셨을 것이다. 하지만 현우는 그것 말고 또 다른 무언가가 있을지도 모른다는 생각이 들었다.

할아버지

할아버지께 드릴 음식을 싸 들고 새벽에 집을 나섰다. 한여름도 아닌데 동해 바다를 보러 가는 사람들이 많은지 서울을 벗어나자마자 벌써 차들이 길을 가득 메웠다. 현우는 얼른 앞자리에 앉았다. 엄마가 웬일이냐는 듯 현우를 흘긋 보더니 뒷자리에 앉으며 말했다.

"오늘은 부자지간에 정 좀 쌓아 보셔. 난 좀 자야겠다. 밤새 음식 만드느라 잠을 못 잤더니 너무 졸려서."

엄마의 말은 사실이었다. 퇴근 후에 할아버지가 좋아하시는 음식을 손수 만드느라 밤늦게까지 준비했기 때문이다. 남양주 톨게이트를 지날 즈음 현우는 조심스럽게 입을 열었다.

"아빠, 한국전쟁과 할아버지가 무슨 특별한 관련이 있어요?"

조용히 달리던 차가 갑자기 약간 흔들렸다.

"무, 무슨 말이야? 뜬금없이?"

그때 자겠다던 엄마가 뒷자리에서 얼른 끼어들었다.

"현우 너, 엄마가 저번에 할아버지 얘기했던 게 궁금했구나? 여보, 현우가 이제 고등학생이잖아요. 이것저것 뭐든 알 만한 나이 아니에요?"

"그래서?"

"그래서긴 뭐가 그래서예요? 아들이 궁금하다는데 알려주면 그만이지."

"아빠, 사실 학교 동아리에서 한국전쟁 70주년이라 행사를 하거든요. 그래서 전쟁을 겪은 어르신들 이야기를 수집해야 해요."

"그럼 하면 되지 뭘."

아빠가 무뚝뚝하게 말했다. 평소보다 더 딱딱한 말투였지만 현우는 한 번 더 용기를 내기로 했다.

"그럼 저 할아버지한테 그때 이야기 해 달라고 해도 돼요? 솔직히 엄마가 저번에 한 얘기도 있고, 가만히 생각해 보니까 할아버지가 한국전쟁에 대해 하실 얘기가 많을 것 같아서요."

"많긴 뭐가 많아? 전쟁이 다 똑같은 전쟁이지. 사람 죽이고, 세상 파괴하고."

"그래도 할아버지한텐 특별했을 수도 있죠."

"그래봤자 쓸데없어."

"당신도 참. 에휴."

아빠의 반응에 엄마가 안타깝다는 듯 말했다. 현우는 역시 아빠와 대화를 지속하기가 힘들다는 걸 느꼈다. 설사 할아버지에게 무슨 특별한 사연이 있다 해도 아빠의 말투로 봐서 더 이상 말해 주지 않을 것 같았다. 현우는 앞에 앉아 있는 게 너무나 불편했다. 간신히 휴게소까지 가서 엄마와 자리를 바꿔 뒷자리로 갔다.

할아버지가 이처럼 먼 곳에 있는 요양원에 온 것은 고향이 가까워서였다. 고성 통일 전망대에 오르면 할아버지 고향이 바로 보인다고 했다. 할아버지는 날마다 통일 전망대에 올라 하염없이 고향을 바라보는 게 유일한 낙이었다.

그러고 보니 할아버지의 고향에 대해서는 들은 적이 있지만, 할아버지가 언제 고향을 떠났는지 자세한 말은 듣지 못했다. 한국전쟁 때일 것이라고 대충 짐작은 했지만, 현우는 내친김에 아빠에게 그 사실을 확인하고 싶었다. 하지만 아빠가 역정을 낼까 봐 아빠나 엄마 둘 중에 아무나 대답할 수 있게 호칭을 빼고 앞자리에 물었다.

"그런데 할아버지는 북한에서 언제 오셨어요?"

"전쟁 때라니까!"

아빠가 퉁명스럽게 대답했다.

"그러니까요. 전쟁 때 언제냐고요? 뭐 그런 거 있잖아요, 1·4 후퇴 같은 거. 할아버지도 그때였어요?"

아빠가 아무 대답도 하지 않았다. 엄마가 아빠 눈치를 보며 말했다.

"현우야, 할아버지한테 여쭤 봐."

엄마의 말이 떨어지자마자 아빠가 대뜸 말했다.

"할아버지 건강 상태 봐서 여쭤야 해. 기분 좋으면 몰라도 침울하면 그런 얘긴 안 묻는 게 좋다."

현우는 아빠의 말투에서 뭔가 있긴 있다는 확신이 들기 시작했다.

속초를 지나면서 짙푸른 동해 바다가 해송 사이로 언뜻언뜻 보였다. 언제 봐도 가슴까지 시원해지는 동해의 푸른 물결이 넘실거렸다. 현우는 왠지 노인들에게는 동해 바다가 어울리지 않을 것 같다는 생각이 들었다. 망망한 바다를 보면 더욱 외롭지 않을까. 아기자기한 맛도 없고 우울감이 더 깊어질 수도 있는 풍경이 아닐까.

딱히 위로가 될 만한 게 있다면 일출이 아닐까 싶었다. 노인들에게 노을이나 일몰은 인생의 마지막이라는 생각을 부추길지도 몰랐다. 그나마 할아버지를 위해서는 일출이 훨씬 좋을 수도 있으니 다행이라는 생각도 들었다.

바다를 보는 사이 어느새 자애요양원으로 들어가는 표지판이 보였다. 전화로 우리가 갈 거라고 미리 알렸기 때문에 보나마나 할아버지가 입구에 나와서 우리를 기다리고 계실 것이었다.

요양원으로 들어서는데 주차장 입구에서 할아버지가 손을 흔들었다. 현우는 거의 일 년만이었다. 지난 설 때도 엄마와 아빠만 갔었기 때문에 작년 여름 휴가 때 오고 처음이었다.

현우는 할아버지에게 인사를 꾸벅했다.

"우리 장손 어서 오너라."

할아버지는 항상 현우를 장손이라 불렀다. 현우는 드디어 할아버지한테서 궁금증을 풀 생각이었다.

먼저 음식을 차에서 내려 요양원으로 들고 들어갔다. 엄마가 할아버지와 같은 방에 있는 어르신들의 음식까지 푸짐하게 준비한 터라, 가져온 음식을 모두 풀고 보니 마치 잔치상 같았다.

"아버님, 어서 드세요. 아버님 좋아하시는 것들로 준비했어요. 모두 많이 드세요."

다른 할아버지들이 엄마를 칭찬했다.

"박 영감은 참 복도 많아. 아, 이렇게 음식을 정성스럽게 만들어 오는 며느리가 요즘 세상에 어디 있나! 손자는 꼭 박 영감을 닮았네 그려."

"찾아오기라도 하면 효자 효부지. 코빼기도 안 내미는 자식들이 태반인데, 아이구! 난 부럽기만 하네. 내 손자 손녀도 보고 싶은데 이젠 얼굴도 까마득해."

할아버지보다 더 연세가 드신 듯한 다른 할아버지가 부러운 눈빛으로 현우를 보며 말했다. 현우는 식사가 끝나기를 기다렸다. 할아버지가 현우에게 음식을 자꾸 권했다.

"우리 장손 이제 고등학교에 갔지? 많이 먹어라. 먼 길 오느라 피곤했을 텐데. 힘들었지?"

할아버지가 엄마에게 말했다.

"어멈아! 직장에 다니랴, 우리 장손 뒷바라지하랴 힘들지? 아범이 무뚝뚝해서 살갑지도 않을 거고. 어멈, 네가 고생이 많다."

"아니에요, 아버님. 저는 괜찮아요. 아범 말 없는 거야 어디 하루이틀인가요? 아버님 건강 잘 챙기세요. 자주 못 와서 죄송하죠."

"자주 오지 않아도 된다. 너무 먼 길인데. 아범아, 이제 입 닫을 일도 없고 세상 좋아졌으니 편하게 살아라."

"예."

아빠는 여전히 짧게 대답했다. 엄마가 속옷과 면 잠옷을 할아버지에게 선물로 드렸다. 현우는 이때다 싶어 말했다.

"할아버지, 저랑 산책해요. 바다도 보고요."

"그럴까? 나는 우리 장손 데리고 통일 전망대 가고 싶은데 어떠냐?"

엄마가 얼른 부추겼다.

"그래 현우야, 이제 고등학생이라 자주 못 오니까 할아버지랑 전망대 가 봐. 아버님, 우리가 태워다 드릴게요. 장손이랑 데이트 좀 하세요."

현우는 할아버지 손을 잡고 주차장으로 나왔다. 할아버지의 걸음걸이가 많이 느려졌다는 걸 금방 알 수 있었다. 현우는 할아버지와 뒷자리에 앉았다. 아빠는 휴게실에서 쉬기로 하고 엄마가 운전을 했다.

할아버지가 현우의 손을 잡고 물었다.

"우리 장손, 고등학교 가서 힘들지 않냐? 공부는 다 때가 있는 것이니까 열심히 하려무나. 우리 장손은 잘하니까 걱정 없다마는."

"네, 할아버지. 열심히 하고 있어요."

자애요양원에서 전망대까지는 금방이었다. 전망대 가는 길이 가파른 오르막길이라 현우가 할아버지를 부축해서 올라갔다. 엄마는 주차장에서 기다리겠다며 올라오지 않았다.

전망대에 다 오르자 할아버지는 잠시 숨을 고르시더니 손으로 북한 쪽을 가리키며 말했다.

"저기 저 해변이 총석정이다. 고저읍은 저 바닷가에 있어. 저기 마을에서 올라가다 보면 산자락 쪽 조금 높은 지대에 우리 집이 있었지."

할아버지가 가리키는 쪽을 바라보았지만 마을은 보이지 않았다.

"우리 장손 올해 몇 살이지?"

"아직 생일 안 지났으니깐 열여섯 살요."

"음. 벌써 열여섯 살이구나."

할아버지는 전망대 의자에 앉아 추억에 잠긴 듯 몽롱한 표정으로 잠시 북한 쪽을 바라보셨다. 현우도 그 옆에 앉았다. 할아버지는 뭔가 기억나신 듯 현우의 손을 잡고 나지막이 중얼거렸다.

"그때 내가 열여섯이었지."

할아버지가 말한 그때가 언제인지 궁금했지만, 현우는 그보다 할아버지가 겪은 한국전쟁 이야기를 빨리 듣고 싶었다.

"할아버지, 그런데 할아버지는 한국전쟁 때 뭐 하셨어요?"

"전쟁 때? 어디 보자, 전쟁 때라……."

현우는 숨을 크게 들이쉬고 말했다.

"할아버지, 그때 얘기 좀 자세하게 해 주세요. 저 그거 알아야 해요. 그래야 동아리에서……."

현우는 거기까지 말하고 할아버지의 얼굴을 살폈다. 아빠의 말이 떠올라서였다. 다행히 아직까지는 기분이 괜찮으신 것 같았다.

"아빠한테 물었는데요, 아빠 말을 안 해 줘요. 아무것도 모르시나봐요."

"네 애비가 말이 없는 것도 다 이유가 있지. 암울한 세상을 산 탓이란다."

현우는 할아버지의 말이 점점 더 궁금해졌다.

"우리 장손이 딱 그때 내 나이가 되었으니 네가 궁금해하는 걸 모두 말해 줄 때가 된 것 같다. 그래야 나도 홀가분하지. 네 녀석이 알아야 할 것들이기도 하고."

"할아버지, 도대체 뭔데요?"

할아버지가 현우의 어깨를 토닥이며 말했다.

"현우야, 할애비가 왜 여기 고성까지 멀리 와서 사는지 알지?"

"네, 할아버지. 여기가 할아버지 고향에서 가까워서 그런 거잖아요."

"그래, 맞다. 이제나저제나 통일이 되면 내 고향에 곧장 뛰어가려고 그래서 여기서 지내지. 그런데 통일은 점점 더 멀어지는 것 같구나. 만약 이 할애비가 고향에 못 가고 죽으면 통일이 된 다음 우리 장손이 나를 고향에 묻어 줘야 한다. 응! 알겠니?"

현우는 할아버지의 말에 콧잔등이 시큰해졌다.

"할애비가 전쟁 때 뭘 했냐면 말이다, 나는 군인이었어. 나이도 어리고 뭣도 모르는 군인이었지."

순간 현우는 학교에 차려진 임시 병원에 누워 있는 어느 병사의 모습을 상상했다. 동아리 회장 선배가 말했던, 한국전쟁 당시 군인들의 병원이었던 학교의 풍경과 어린 병사였을 할아버지의 모습이 잠시 겹쳐졌던 것이다.

"그리고 그때 이야긴 내가 다 써 놨단다. 그걸 너에게 주게 될 날이 올까 싶었는데, 과연 때가 된 거야. 암, 그렇고말고."

현우는 할아버지가 썼다는 글을 얼른 읽고 싶었다. 할아버지가 뭉툭한 손으로 현우의 머리를 쓰다듬으며 말했다.

"그런데 현우야, 네 애비가 말이 없는 건 다 이 할애비 때문이야. 할애비 때문에 기를 못 펴고 살았지. 어릴 때부터 입이 있어도 말을 못 했어. 그땐 그래야 했단다. 눈으로 본 것도 마음으로 느낀 것도 절대 말을 해서는 안 되었거든. 그게 다 내 탓이란다. 다 내 탓이야."

현우는 갈수록 궁금증이 더 생겼다. 그때였다.

"현우야! 할아버지 모시고 그만 들어와! 집에 가야지."

주차장에서 엄마가 불렀다. 네 시에 서울로 출발하기로 했는데 어느새 세 시 반이 넘어가고 있었다. 현우는 할아버지를 부축해 주차장으로 내려왔다.

요양원으로 돌아온 할아버지는 방에 있는 개인 사물함을 열어 뭔가를 꺼냈다. 제법 두툼한 책처럼 보였는데 보자기에 싼 종이 묶음이었다.

"이게 내가 쓴 수기다. 현우야, 네가 궁금해하는 게 이 안에 다 있어. 이제 네 것이니깐 소중하게 간직해라. 할애비 소원은 말이다, 우리 장손이 이걸 읽고 나중에 커서 반토막난 이 나라를 하나로 잇는 거야. 알겠지? 그리고 통일이 되면 고향 땅에 나를 묻을 때 이것도 같이 묻어 주렴."

할아버지는 현우에게 묵직한 책 보퉁이를 건네주며 말했다. 엄마도 아빠도 깜짝 놀라는 눈치였다.

"아범, 그리고 어멈 잘 들어라. 이건 내가 틈틈이 써 놓은 수기야. 우리 장손이 이제 읽을 나이가 되었어. 그리고 이제 모든 걸 알아야 할 나이가 되었다."

현우는 할아버지의 수기를 들고 서울로 돌아왔다. 돌아오는 차 안에서 엄마가 한번 보여 달라고 했지만, 현우는 자신이 먼저 읽겠다며 수기가 든 보퉁이에서 손을 떼지 않았다.

그러고는 집에 오자마자 방으로 들어가 할아버지의 수기를 읽기 시작했다.

1950년

1950년 3월, 나는 강원도 통천군 고저읍 신원리에 있는 고급중학교에 다니고 있었다. 그해 2월에 고저읍에 있는 고저중학교를 졸업하고 통천고등학교에 입학했는데 그때는 고등학교를 고급중학교라 불렀다. 고급중학교는 원래 통천군 고저읍 포항리와 총석리 사이에 있었는데, 내가 입학했을 때는 신원리로 옮긴 직후였다.

그때 고급중학교에서는 러시아어를 가르쳤다. 내가 국민학교에 다닐 때는 일본어를 국어로 배웠는데, 해방이 되면서 '로스께'라고 하는 소련 사람들이 우리 동네에 들어왔고, 그때부터 학교에서는 러시아말을 가르쳤다.

해방이 되기 전까지 우리는 우리말을 쓰지 못했다. 학교에서는 일본어만 가르쳤고 일본어만 쓰게 했다. 하지만 친한 친구들끼리는 몰래 우리말을 쓰곤 했다.

그러다 해방이 되니 우리말을 마음대로 쓸 수 있어서 정말 좋았다. 학교에서도 처음으로 '가갸거겨'로 시작하는 우리말을 가르치기 시작했다. 그런데 얼마 지나지 않아 소련군이 들어오면서 또다시 우리말 대신 로스께들이 쓰는 러시아어를 배워야 했던 것이다.

말뿐만이 아니었다. 소련군이 들어온 후부터 우리는 군사 훈련을 받아야 했다. 1949년 9월, 내가 중학교에 다닐 때도 군복을 입은 소련군 장교가 학교에 배치되어 날마다 우리를 훈련시켰다. 군사 훈련을 받느라 다른 공부를 할 시간이 없었다. 우리는 공부 대신 총을 분해했다가 다시 조립하는 일을 한동안 반복해서 배웠다.

소련군 장교는 각개 전투, 분대 전투, 소대 및 중대 전투까지 하루도 쉬지 않고 군사 훈련을 시켰다. 그때 우리는 예비 지원병이라 불렸다. 예비 지원병은 대부분 열다섯에서 열여섯 살이었고 나는 열다섯 살이었다.

나는 한동네 사는 동갑내기 재환이와 단짝이었다. 재환이는 내 외사촌이었고, 아랫집에 살았다. 해방 전이었던 어린 시절, 우리는 둘이 있을 때 항상 우리말을 하며 놀았다. 그때는 가족들보다 재환이가 더 좋았다. 학교에서나 동네에서나 틈만 나면 우리는 한몸처럼 붙어 다니며 장난을 치곤 했다.

중학교에서는 학생들도 밤에 교대로 숙직을 하며 학교를 지켰다. 재환이와 함께 숙직을 하는 날엔 어김없이 장난기가 발동해서 몸이 근질거렸다.

"야, 너 배 안 고파?"

"왜? 뭐 먹을 거 있냐?"

재환이의 눈이 반짝였다. 우리는 항상 배가 고팠기 때문에 물어보나마나였다. 먹어도 먹어도 배가 고플 때였다.

"우리 명태 서리해서 구워 먹을래?"

"숙직은 누가 하고? 그리고 어디서 굽냐?"

재환이답지 않게 꼬치꼬치 물었다.

"그야 한 사람은 남아야지. 그리고 숙직실에서 구우면 되잖아. 밤이라 우리만 있는데."

재환이가 그제야 흔쾌히 고개를 끄덕였다.

동해에는 명태 덕장이 지천이었다. 명태는 동해에서 엄청나게 잡혔다. 명사십리가 다 명태로 덮였다고 해도 과언이 아니었다.

"내가 갈까, 네가 갈래?"

재환이의 물음에 내가 대답했다.

"네가 갔다 와. 보다시피 나는 비리비리하잖아. 네가 가야 많이 훔쳐 오지."

사실이 그랬다. 나는 어릴 때부터 몇 번이나 병치레로 죽을 고비를 넘겨서 그런지 바람만 불어도 쓰러질 것 같다고 부모님이 항상 걱정했다.

"그럴까? 그래도 네가 달리기는 더 잘하는데……. 아니다, 그냥 내가 갈게."

재환이가 할 수 없다는 듯 덕장으로 달려갔다. 나는 그사이 숙직실 아궁이에 불을 지폈다. 명태를 태우지 않게 잘 구우려면 불이 오래 가는 장작을 넣어야 했다.

덕장은 명태와 같은 물고기를 말리는 곳인데, 그때 동해안에는 고저항에서 원산항까지 명태 덕장이 수십 킬로미터나 이어졌다. 우리는 숙직을 하는 날이면 으레 명태를 훔쳐다 구워 먹었다. 군사 훈련을 받을 때도 가끔 장난기가 발동하면 소련군 장교의 눈을 피해 총을 가지고 놀이를 하기도 했다.

어느 날인가는 군복을 입은 조선인 장교가 군사 훈련을 진두지휘했다. 그는 우리에게 평화통일을 이루어야 한다며 조선 민주주의니 민족통일전선이니 하는 말을 늘어놓았다.

"여러분은 북조선 민주주의 민족통일전선의 역군이다. 우리는 반드시 평화통일을 이룩해야 한다. 모두 영광스러운 공화국의 군인이 되도록 열심히 노력하기 바란다."

그러나 평화통일이 왜 필요한지 우리는 관심이 없었다. 그런 말은 하나도 귀에 들어오지 않았다. 그때만 해도 아직 어린 학생이었던 우리는 그저 오늘은 무슨 재미난 일을 할까 궁리하는 게 최고의 관심사였다.

그해 겨울에는 눈 속에 푹푹 빠지면서도 시키는 대로 훈련을 받았다. 조선인 장교는 남쪽에 있는 불쌍한 인민들을 구하기 위해서는 이까짓 추위쯤은 이겨내야 한다고 했다. 그러거나 말거나 나와 재환이는 빨리 훈련을 끝내고 눈썰매를 타고 싶어 마음으로는 벌써 눈 쌓인 비탈길에 눈썰매를 타고 내려가는 모습을 그리곤 했다.

어느덧 겨울이 지나고 봄이 왔다. 1950년 4월이었다. 그즈음부터 고저역을 지나는 기차가 밤낮없이 남과 북으로 오르내렸다. 우리집은 상고저리와 하고저리가 만나는 언덕 위에 있었기 때문에, 집에서 보면 고저항과 고저역이 바로 앞에 있는 것처럼 가까이 내려다보였다. 고저역에는 화물차와 객차가 지나다녔는데 객차는 지붕이 있는 것도 있었고 없는 것도 있었다.

고저읍 사람들은 기적 소리가 울릴 때마다 알 수 없는 불안감에 긴장했다. 고급중학교, 그러니까 통천고등학교에서도 군사 훈련은 여지없이 계속되었는데 그때쯤부터 우리는 장교의 눈을 피해 호기심 가득한 귓속말을 나누었다.

"이상하지 않냐? 정어리, 명태, 고등어를 실어나를 때도 요즘처럼 기차가 자주 다니지는 않았어. 금강산에 관광하러 가는 사람들이 갑자기 늘어난 것도 아닐 테고. 우리 아버지 말로는 고저역이 생긴 이래 기차가 지금처럼 많이 다닌 적이 없었대."

"그러게 말야. 저 안에 도대체 뭐가 실렸을까?"

하루는 우리가 하는 귓속말을 어떻게 엿들었는지 우리 반의 조선인 장교 아들이 거들먹거리며 이렇게 말했다.

"이런 답답이들. 지금 남쪽에서는 미제 놈들이 불쌍한 우리 동포들의 등골을 빼먹어서 서울 골목마다 거지가 득시글 득시글하대. 그러니까 우리 공화국에서 불쌍한 남조선 인민들을 하루빨리 해방시켜야 한다고."

"해방을? 어떻게?"

"뭘 어떻게야? 우리 인민공화국 군대가 해방시키겠지."

5월이 되자마자 장마 때처럼 큰비가 내렸다. 철로를 가로 질러 흐르는 십이연천이 갑자기 범람하면서 전천리 쪽 철교가 무너졌다. 그 바람에 화물열차가 전복되었다. 그 열차에는 말 수십 마리가 실려 있었는데 그 사고로 상당수가 다치거나 죽고 말았다. 철교가 복구되기까지 한동안 기차가 다닐 수 없었다.

재환이가 귓속말로 물었다.

"도대체 그 많은 말들을 어디로 실어가던 중이었을까?"

"글쎄? 말은 기병대한테 필요한 것 같은데. 설마 군인들을 미리 보내고 나중에 말을 보내다가 사고를 당한 거 아닐까?"

"그런데 참 이상하단 말이야. 우리한텐 평화통일, 평화통일 하면서 왜 군인 세상을 만들려는 건지 모르겠어."

정말 이상한 일이었다. 친구들 사이에서 뒤숭숭한 이야기들이 입에서 입으로 쉬쉬하며 퍼져 나갔다. 그러던 중 3학년 선배들이 군대에 갔다는 소식이 들려왔다. 설마 했는데 사실이었다. 며칠 후에는 2학년 선배들도 떠나갔다.

1950년 6월 25일, 그날

아침부터 조선인 장교가 남아 있던 학생들을 다급히 불러 모았다. 그는 남쪽 군인들이 북쪽 인민들의 터전을 침략했다며 전쟁이 시작되었다는 사실을 알렸다.

"이제부터 전 인민군이 남쪽으로 해방투쟁을 하러 진격할 것이다. 남반부 인민을 해방시키기 위해 전 인민이 총동원될 것이다. 너희들은 더욱 열심히 훈련에 매진해야 한다."

그 말에 나도 재환이도 바짝 긴장했다. 우리는 하루아침에 학생에서 예비 인민군이 되었다. 군사 훈련의 강도는 한층 더 높아졌다. 고저읍에서는 선전반 사람들이 마이크를 들고 돌아다니면서 용감무쌍한 인민군대와 하나가 되어 싸우라고 외쳐댔다. 거리에는 언제 뿌렸는지 삐라가 날아다녔다.

라디오에서는 하루 종일 삼팔선 전역에서 남쪽으로 진격하는 인민군대의 혁혁한 전과가 보도되었다. 그 방송을 듣고 있노라면 인민군이 금세 남반부를 집어삼킬 듯했다. 그날 오후에는 고저읍에 있던 부대가 남쪽 지역인 강릉에 상륙해서 점령에 성공했다고 야단이었다.

아버지와 형은 고개를 갸웃거렸다. 형이 말했다.

"아버지, 제가 알고 있는 고저읍의 부대는 한 개 대대(평균 500명 안팎의 병력) 정도밖에 안 되는데 그 병력이 강릉을 접수했다는 게 믿어지지 않아요."

"태철아, 말조심해라. 마음에 있는 말이라고 함부로 밖으로 내뱉지 말아라. 이럴 때일수록 입조심, 행동거지 조심해야 한다."

아버지의 말을 들으며 아버지도 들은 대로 믿지 않는다는 걸 느낄 수 있었다.

진짜 전쟁이 시작된 것일까? 정말 남쪽 국방군이 쳐들어왔을까? 통일을 하자면서 왜 기차로 물자와 군인을 남쪽으로 실어날랐을까? 나도 무엇이 진실인지 자꾸만 의심이 생겼다.

그럴 때마다 기차가 전복되어 수많은 말이 다치고 죽어 피투성이가 된 모습이 문득문득 떠올랐다. 정말 남쪽에는 거지가 득실거릴까? 혼자서 이런저런 생각을 하다가도 혹시 장교가 알아차릴까 봐 얼른 생각을 돌렸다.

전쟁 때문에 긴장이 되었지만, 군사 훈련을 받는 건 여전히 지겨운 일이었다. 고등학교에 온 지도 벌써 4개월이 지났는데 뭘 배웠는지 제대로 생각나는 게 없었다. 러시아이는 어려워서 겨우 키릴 문자만 외우다 말았다. 재환이도 이렇게 전쟁 준비만 하는 게 지겹다고 했다.

"야, 우리 1년 동안 뭘 배웠냐? 난 '하라쇼'밖에 생각나는 게 없어."

재환이가 짜증스럽게 말했다. 하라쇼는 러시아어로 '좋다'는 말이었다.

6월 27일, 고저읍 상공에 커다란 비행기가 낮게 떠서 천천히 공중을 지나갔다. 누군가 그 비행기를 보더니 B-29기라고 했다. 어디선가 기관포 소리가 났다. 그러나 B-29기는 마치 항공사진을 찍는 듯 여유롭게 천천히 왔다갔다 하다 사라졌다. 나는 재환이와 둘이서 평화롭게 비행기를 구경했다. 그렇게 큰 비행기는 난생처음이었다.

이튿날이 되자 서울이 해방되었다고 방송마다 떠들썩했다. 고저읍은 완전히 축제 분위기였다. 학교에서는 2학년 선배들을 이백여 명이나 더 인민해방전선으로 데려간다고 했다. 학교의 결정에 대놓고 반대하는 이는 없었다. 학생들은 궐기대회를 열었다. 대표들이 강단에 서서 힘차게 말했다.

"우리 모두 남반부 인민해방전선에 나가서 싸우자!"

모두 큰 소리로 따라했다. 궐기대회가 끝나자 바로 학교에서 간단하게 신체검사가 이루어졌다. 검사를 받은 선배들은 나이가 열여덟 살 이상이면 무조건 입대를 해야 하는 것 같았다. 그들 대부분은 부모님들과 작별인사도 못하고 밤중에 기차를 타야 했다.

그들 중에는 우리 형도 있었다. 공산주의 사상이 투철했던 형은 남반부 해방전선에 하루라도 빨리 참여하지 않으면 아까운 기회를 잃는다고 입대 행렬에 앞장섰다.

"우리도 가야 하는 거 아냐?"

형을 잘 따르던 재환이가 내게 불안하게 물었다. 우리는 나이가 어려 아직 징집 대상이 아니었다.

이윽고 형이 밤 열차로 떠난다는 이야기를 들었다. 우리 식구는 다행히 소식을 빨리 접해 형을 전송할 수 있었다. 부모님과 나는 내무서 광장에서 내내 기다린 끝에 한밤중 기차에 오르려던 형을 만났다.

"형, 어디로 가?"

"힘흥으로 간대."

"왜? 서울 해방전선으로 가는 거 아니야?"

"함흥에서 하사관 훈련을 받고 서울로 가게 된대."

형은 부모님께 마지막 인사를 하면서 주먹을 불끈 쥐었나. 하지만 어머니는 눈물을 훔쳤고 아버지는 한숨을 내쉬었다.

"형, 언제 돌아와?"

나는 형이 없는 세상을 상상해 보지 않아서 한쪽 가슴이 텅 비는 것 같았다.

"남조선이 완전히 해방되면. 머지않았어. 민철아, 그러니까 너도 마음 굳게 먹고 인민군대에 와야 해. 알았지?"

나는 엉거주춤 선 채 힘없이 고개만 끄덕였다.

형은 그렇게 떠나갔다.

7월 4일부터는 열일곱 살 학생들도 징병돼 학교를 떠났다. 통천고에서만 백여 명이 인민군대에 입대했다. 이제 학교에는 나처럼 어린 애들만 남았다. 나와 재환이는 밤마다 숙직을 하며 학교를 지켰다.

공습이 점점 심해졌고, 그때마다 B-29기가 북쪽으로 날아갔다. 그런데 라디오에서는 날마다 인민군대의 승리를 보도하면서 남반부 어디 어디가 해방되었다며 축제 분위기였다. 우리가 이기고 있다는데 B-29기는 왜 북쪽으로 날아갔을까?

나와 재환이는 그때까지만 해도 B-29기가 무섭기는커녕 신기해서 뛰어나가 유유하게 떠다니는 모습을 오래도록 지켜보곤 했다.

7월 6일이었다. 그날도 나는 재환이와 학교에 갔다. 공부도 할 수 없는 학교였지만 그래도 학교가 좋았다. 선생님들도 상당수가 인민군대에 나갔기 때문에 공부를 가르쳐 줄 사람도 별로 없었다. 장마철이라 하늘도 잔뜩 찌푸린 날이었다.

갑자기 공습경보가 울렸다. 그와 동시에 비행기의 폭음이 들려왔다. 비행기들은 보이지 않았는데 하늘이 찢어지는 듯한 소리가 요란했다. 그것은 그냥 비행기가 아니라 전투기에서 나는 소리였다. 우리는 그 소리가 나자마자 화들짝 놀랐다. 전투기가 내는 굉음으로 인해 마치 땅바닥이 빨려들어 가는 것처럼 느껴졌다.

재환이와 나는 너무 무서워 재빨리 책상 밑으로 엎드렸다. 갑자기 세상이 뒤집히는 듯한 큰 소리와 뒤이어 허공을 가르는 쉿소리가 나더니 유리창이 와장창 깨지는 소리가 들렸다. 전투기가 날아간 곳에서 기총 사격(항공기에서 기관총으로 쏘는 일) 소리가 쉴 없이 이어졌다.

공습경보가 해제된 뒤 한참 있다가 조심스럽게 밖으로 나왔다. 연기가 나는 쪽으로 간 우리는 입이 딱 벌어졌다. 전천리 근처에 폭탄이 떨어져 엄청난 웅덩이를 만들었고 주변의 집들은 폭격을 맞아 엉망이었다. 다리가 후들거렸다. 재환이와 나는 어찌할 줄을 몰라 어안이 벙벙한 채로 서 있었다. 발이 쉽게 떨어지지 않았다.

누군가 신음하는 소리가 들리는 것 같아 그쪽으로 발을 옮겼다. 장독대 뒤에 폭격을 맞은 어린 여자아이가 죽어 있었다. 너무 무서워서 집까지 어떻게 왔는지 정신이 반쯤 나간 상태였다. 집에 오니 부모님이 달려 나왔다.

"어디 갔다 이제서 오냐? 아이고, 얼마나 걱정했는지. 어서 들어가자."

그날부터 비행기 소리가 나면 무조건 대피 장소로 달렸다. 다른 식구들은 일단 외가가 있는 구항리로 피신하고 누나와 나만 집에 남았다. 아버지는 농사 때문에 가끔 와 보곤 했다.

나와 재환이는 날마다 학교에 갔다. 학교도 폭격을 맞아 유리창 하나 제대로 남은 게 없는 상태였다. 남아 있던 선생님들은 그래도 매일 등교를 하라고 했다.

7월 15일은 졸업식 날이었다. 그러나 3학년 선배들이 거의 인민군대에 나갔기 때문에 학교에서는 졸업생의 부모나 누나들에게 참석을 요청했다. 우리는 재학생으로서 졸업식 자리를 지키고 있었는데, 열한 시가 다 되어도 사람들이 오지 않았다. 결국 졸업식은 다음날로 미뤄졌다.

1950년 7월 16일, 난데없는 이별

나는 다시 학교에 갔다. 형의 졸업장을 대신 받아야 했기 때문이다. 재환이는 어제처럼 허탕을 칠지도 모른다는 생각에 가지 않았다. 졸업식장에는 여전히 사람들이 별로 없었다. 재환이의 예상이 맞을 것 같았다. 그래도 형의 졸업장을 받아야 한다는 마음에 또 무작정 기다렸다.

정오가 넘었을 때 선생님이 쪽지를 가지고 오더니 학생들을 모두 집합시켰다. 그러나 모든 학생이라고 해봐야 손가락으로 꼽을 정도였다. 우리 반에도 송전면에 사는 종규와 방골에 사는 창균이와 나 세 명뿐이었다. 선생님이 우리 셋을 교무실로 불렀다. 교무실에는 체육 선생님과 교장 선생님이 함께 앉아 있었다. 교장 선생님이 우리에게 말했다.

"너희들 내 말 잘 들어라. 조국과 인민의 부름에 응하여 남반부 해빙전선에 나가지 않을 테냐?"

교장 선생님의 말투가 명령하는 말투였다. 나와 친구들은 서로 눈치만 보았다.

"우리 형 졸업장은요? 제가 받아 가야 하는데요."

"아, 그건 염려하지 않아도 돼. 집으로 직접 갈 거야."

말을 마친 교장 선생님이 체육 선생님에게 눈짓을 했다. 체육 선생님이 우리 셋을 데리고 곧바로 내무서에 가서 형식적으로 신체검사를 받게 했다. 나는 얼떨결에 따라온 거라 앞으로 어떻게 될지 걱정이 되었다.

"저기, 선생님. 집에 말해야 하는데 어떡해요?"

"지금 시간이 없는데."

부모님께 인사도 못 하고 이대로 떠날 수는 없는 일이었다.

"빨리 집에 다녀올게요. 인사만 하고 올게요."

내가 조르니까 친구 두 명도 자기들도 인사만 하고 곧장 오겠다고 졸랐다.

"꼭 와야 해. 안 오면 일이 복잡해져. 내 말 무슨 말인지 알지? 꼭 와야 해. 두 시간 안으로 돌아와야 한다."

나는 선생님의 말이 떨어지자마자 집으로 뛰었다. 그러나 도착해 보니 집은 텅 비어 있었다. 순간 내 마음도 텅 빈 것 같았다. 뭘 어떻게 해야 할지 몰라 장독대만 바라보고 멍하니 서 있다가 집안을 한 바퀴 둘러보았다. 눈물이 왈칵 쏟아졌다. 나도 모르게 고개를 저었다.

'울지 마. 다시 올 거야. 꼭 돌아올 거야.'

집 밖으로 나와 외가로 가는 길에 재환이네를 살펴보았으나, 앓아누운 재환이 동생 재식이만 혼자 있었다.

"재식아, 네 형 어디 갔니?"

재식이가 고개를 저었다. 마음이 급했다. 재식이에게 내가 다녀갔다 전하라고 하고 목이 말라 우물로 뛰었다.

우물가에는 마침 물을 길러 온 영분이가 두레박으로 물을 퍼 올리고 있었다. 영분이를 보자 입이 꽉 붙어 버린 듯했다. 영분이가 웬일이냐는 듯 두레박을 그대로 들고 나를 바라보았다. 나는 아무 말도 못하고 초조하게 서 있었다. 마침 우물 옆에 있던 작은 바가지에 물이 한가득 들어 있는 게 보였다. 나는 그 바가지를 얼른 집어들어 물을 벌컥벌컥 마셨다.

참 이상한 일이었다. 나는 영분이를 무척 좋아했는데 영분이에게 인민군대에 간다는 말을 하기가 싫었다. 영분이도 나를 쳐다보기만 했다. 얼굴이 빨개지고 가슴이 쿵쾅거렸다. 방금 물을 마셨는데도 입이 바짝바짝 타들어 갔다. 그대로 멍청하게 영분이를 멀뚱멀뚱 쳐다보다가 얼른 발길을 돌렸다.

병원으로 뛰었다. 거기 누나가 있었기 때문이다. 누나가 나를 보더니 일을 하다가 깜짝 놀라 일어섰다.

"너 웬일이니?"

"누나, 나 인민군대 가야 해."

"뭐! 인민군대?"

"시간이 없어. 지금 내무서에서 선생님이 기다려. 인사만 하고 온다고 잠깐 온 거야. 집에 갔더니 아무도 없고."

금세 눈물이 나왔다. 누나가 발을 동동 구르다가 나를 끌고 밖으로 나왔다. 바로 옆에 사진관이 있었는데 다짜고짜 나를 안으로 데려갔다.

"아저씨, 빨리 우리 사진 좀 찍어 주세요."

사진관 아저씨가 놀라 물었다.

"시간이 없어요. 내무서에서 기다린다는데 사진이라도. 빨리요."

누나의 재촉에 엉겁결에 누나와 함께 사진관 의자에 앉았다. 사진사가 급히 사진을 찍었다. 태어나서 처음 찍은 사진이었다.

"민철아, 엄마를 안 보고 떠날 수는 없어. 내무서에 가서 하루만 시간을 달라고 해 보자."

누나는 구항리로 피난을 간 엄마를 만나고 가야 한다며 나를 졸랐다. 나도 그러고 싶었지만 내 맘대로 할 수가 없었다.

"안 돼, 누나. 두 시간 후에 내무서로 차가 데리러 온대. 나도 엄마를⋯⋯."

더 이상 말을 할 수가 없었다. 나는 눈물을 글썽이는 누나와 헤어져 내무서로 뛰었다. 갑자기 큰일이라도 일어나서 세상이 뒤죽박죽되어 버렸으면 하는 생각도 들었다. 그러면 구항리에 가서 엄마를 볼 수 있을지도 몰랐다. 아버지도 엄마도 못 보고 가는 게 너무 슬펐다.

'반드시 돌아올 건데, 뭐.'

마음을 다잡고 내무서에 도착하니 선생님이 이제부터 개인 행동은 절대 안 된다고 했다. 저녁으로 주먹밥을 먹고 내무서 뜰에서 대기했다. 그러나 차는 오지 않았다. 선생님이 우리를 여관으로 데려갔다. 나는 이럴 줄 알았으면 구항리 외가에 가서 자고 내일 아침에 왔을 걸 하는 아쉬움만 들었다.

허겁지겁 뛰어다녀서 그런지 그대로 잠이 들었다. 다음날 우리는 다시 내무서로 가서 대기했다. 아침에도 점심에도 차는 오지 않았다. 마냥 서성거리며 차를 기다리고 있는데 부모님이 내무서로 급히 들어왔다. 엄마는 나를 와락 껴안고 눈물을 흘렸다.

"너마저 가면 우린 누굴 믿고 사니?"

흐느끼는 엄마를 멀뚱멀뚱 바라만 보던 이미지가 밀했다.

"네 형이라도 만나면 좋으련만 어디 있는지……."

형을 보낼 때도 엄마는 많이 울었는데 누나한테 소식을 듣고 어제도 많이 울었는지 눈이 퉁퉁 부어 있었다.

"아이고, 민철아. 전쟁터에 가면 다 죽는다는데 어떡하면 좋으냐. 네 형도 아무 소식이 없는데…… 아이고, 민철아. 이 어린 것이 어딜 간다고……."

"엄마, 나 안 죽어. 꼭 살아 돌아올 거야."

엄마를 보지 못하고 떠난다 생각했을 때는 금세 눈물이 나왔는데, 막상 우는 엄마를 보니 안심시켜야 한다는 생각에 오히려 내 마음이 더 차분해졌다.

내무서에 온 선생님이 부모님에게 말했다.

"그만 돌아가세요."

엄마가 고개를 저으며 말했다.

"아유, 떠나는 거라도 봐야죠. 기다릴게요."

아버지가 어딘가로 급히 갔다가 와서는 내 손에 돈을 쥐어 주며 말했다.

"이거라도 가지고 가거라. 쓸데가 많겠지."

틀림없이 어디선가 사정사정하며 돈을 빌렸을 아버지였다.

"아버지, 괜찮아요. 군대에서 다 먹여 주고 재워 주니까 돈은 필요 없어요."

나는 아버지를 안심시키려 돈을 받지 않았다.

저녁이 되자 오십 명쯤 되는 축산학교 학생들이 트럭을 타고 군가를 부르며 나타났다. 선생님이 우리에게 빨리 타라고 재촉했다. 부모님과 누나가 꼭 살아 돌아오라고 말하며 손을 흔들었다. 같은 반 종규와 창균이는 그때까지 부모님도 만나지 못한 채 그대로 떠났다.

내 친구들과 부모님과 눈감고도 훤히 떠오르는 산과 바다를 뒤로 하고 어디로 가는지도 모른 채 고향을 떠난다고 생각하니 자꾸만 눈물이 나왔다.

1941~1949년

나는 1941년 국민학교에 입학해서 1947년 졸업했다. 1학년 때는 몸이 약해 늘 비실비실했지만 장난을 좋아해서 장난꾸러기 하면 첫째로 꼽는 게 나였다. 그때는 일본이 진주만을 공격하던 시기였다. 일본군을 통솔하던 대본영은 연일 일본의 승리를 발표하며 자축하는 데 여념이 없었다. 아무것도 모르는 나는 그저 좋은 일인가 보다 하고 생각했다.

어느 날 난생처음 고무공을 만질 수 있었다. 학교에서 고무공을 선물로 준 것이었다. 그때까지 내가 가지고 놀던 공은 돼지 오줌보였다. 돼지를 잡으면 오줌보를 깨끗이 씻어 그 안에 공기를 불어 넣고 주둥이를 꼭 묶어 그걸 공으로 차면서 놀았다. 고무공은 천황폐하가 학생들에게 주는 특별 선물이었다. 일본군이 싱가포르라는 나라를 점령한 기념이라고 했다.

우리는 지도를 펴 놓고 싱가포르가 어디에 붙어 있는지 찾아보면서 난생처음 갖게 된 고무공을 세상에서 가장 값진 보물로 여겼다.

부모님들은 일본이 전쟁을 점점 더 크게 벌인다고 걱정했지만, 우리는 알려고 들지도 않았고 들어도 무슨 내용인지 몰랐다. 고무공을 선물로 받은 후 추위도 잊고 공차기를 하며 놀았다. 신나게 놀다가 손이 시려 집으로 돌아와 화롯불에 손을 녹였다. 그때도 행여 고무공을 놓칠세라 손에 꼭 쥐고 불을 쬐었다. 그만큼 고무공이 소중했기 때문이었다.

그렇게 한참 화롯불을 쬐고 있는데 공이 어느새 쭈글쭈글하게 변하더니 점점 불룩해졌다. 깜짝 놀라 불쬐기를 멈췄지만 공은 이미 한쪽이 늘어나서 못 쓰게 되어 버렸다. 얼마나 속이 상한지 몰랐다. 형의 공은 축구를 하다가 터져 버렸다. 결국 나는 누나의 공까지 빼앗아 놀았는데 그날 다 터트려 버리고 말았다.

왜놈들 세상이라고 어른들이 해방을 꿈꿀 때도 우리는 우리말을 자유롭게 하지 못하게 해서 그게 싫을 뿐이었다. 일본

말을 하지 않고 우리말을 쓰면 서로 고발을 하게 해서 가족이나 친한 친구가 아닌 다른 사람에게는 절대로 우리말을 할 수가 없었다. 그래도 재환이와 나는 서로 고발하지 않기로 약속하고 둘만 있을 때는 몰래몰래 우리말을 썼다.

우리는 일본 세상이라도 마음껏 장난을 치고 날마다 들로 바다로 산으로 쏘다니며 닥치는 대로 재밌는 놀이를 할 수 있는 게 좋았다.

그러나 싫은 게 몇 가지 있긴 했다. 어수산에 조그만 신사가 있었는데 그곳에 가서 동방 요배를 시키는 대로 하는 일이었다. 동방 요배는 동쪽에 있는 일본의 왕에게 절을 하는 의식이었다. 일본인들은 나중에 그 신사를 개목산으로 옮겨 다시 크게 지었는데, 우리는 일주일에 한 번씩 그곳에 가서 신사 참배를 해야 했다.

그곳에 가면 무슨 뜻인지도 모르는 황국 신민 서사도 외워야 했다. 참배를 할 때면 일본인 제관이 알아듣지도 못할 억양으로 이상한 제문을 읊어댔는데, 그 소리가 우리 귀에는 꼭 귀신에게 말하는 걸로 들렸다. 우리는 무슨 신념이나 신앙이 있는 것도 아닌데, 개목산에 있는 신사에 가서 멍청하게 서 있다가 절을 몇 번 하고 돌아오는 아주 싱겁기 짝이 없는 신사 참배가 귀찮기만 했다.

또 하기 싫은 일이 전쟁에 필요한 기름을 짜야 한다고 아주까리를 심어 그 씨앗을 할당제로 바치는 일이었다. 이것은 어른들이 도와줘서 별로 힘들지는 않았는데 그래도 하기 싫은 일 중 하나였다.

더 하기 싫은 일도 있었다. 고저읍에서 시호리를 지나 우동산 깊은 골짜기에 가서 송탄유(송진을 끓여 만드는 기름)를 만들 소나무 둥치를 나르는 일이었다. 국민학교 3학년 이상이면 모두 동원되었는데, 그 일을 하는 날이면 모두 점심을 싸가지고 십 리도 넘는 길을 걸어 우동산까지 가야 했다. 거기서 또 산골짜기에 올라 험한 산길을 오르내리면서 잘라 놓은 소나무 둥치를 날라야 했다.

하루는 옆 반 애가 소나무 둥치를 나르다가 미끄러져서 큰 나무에 머리를 부딪쳤다. 미끄러져 굴러떨어지면서 얼마나 심하게 부딪쳤는지 머리가 깨져 꼼짝도 하지 않았다. 우리는 그 애가 죽은 줄 알았는데 다행히 한참 만에 깨어났다. 작업을 시키던 선생님도 다친 아이의 머리에서 피가 철철 흐르는 걸 보고 너무 놀라 도시락 반찬으로 가져간 된장을 부랴부랴 상처에 발랐다. 그러고는 자기 옷을 찢어 아이의 머리에 둘둘

싸맸다.

　그런 일이 있을 정도로 산속에서 소나무 둥치를 나르는 일은 어린 학생들에게 위험하고 고된 작업이었다. 노곤한 봄날에 산을 오르내리려니 기운이 달렸다. 작업을 하는 날에는 집에 오면 그대로 곯아떨어졌다.

　또 고단한 일이 있었다. 해양 소년단에서 하는 훈련이었다. 처음에는 우수한 학생들을 선발한다는 그 조직에 뽑혀 좋아했는데, 여름 방학 내내 집단 생활을 하며 훈련을 받다 보니 너무 힘들었다. 주로 하는 훈련은 수기 신호와 수영과 체조였다. 땡볕 아래서 두 시간 이상 체조와 수기 신호 훈련을 할 때는 금방 지쳐 쓰러질 것 같았다.

　수영은 그래도 재미가 있었다. 하지만 수영을 못하는 아이들에게는 죽음과도 같은 무서운 훈련이었다. 수영 훈련 시간이 되면 모든 학생을 나무배에 태워 총석정 앞으로 데려갔다. 총석정 앞바다는 파란 유리같이 물이 맑았다. 일단 훈련이 시작되면 무조건 물에 뛰어들어야 했는데, 동해는 어디나 바다가 깊어 바닷속에 들어가면 시퍼런 물만 보이니 공포감이 엄습했다. 그러니 수영을 못하는 아이들은 쉽게 뛰어내릴 수가 없었다.

선생은 무서워 벌벌 떠는 학생들을 무조건 바다에 밀어 넣었다. 그런 애들은 물에서 허우적거리다가 물속에 가라앉았다 떠올랐다 했는데, 선생은 애들이 물에 빠져 죽기 일보 직전에 구출하곤 했다. 그야말로 공포의 훈련이었다. 그렇게 반복하다 보면 어느새 물에 뜨는 이치를 몸으로 터득하게 되지만, 잘못하면 죽을 수도 있는 일이었다. 일제는 어린 학생들에게 그렇게 군사 훈련을 시켰다.

그때까지는 그래도 우리들의 세상이었다. 과수원 습격놀이, 콩서리, 무서리, 그런 서리들은 얼마나 재미있었는지 모른다. 과수원 서리를 하기 위해 울타리에 있는 땅벌집을 토벌한다고 쑤셔대다가 땅벌에 눈두덩이를 쏘여 며칠 동안 눈이 퉁퉁 부은 채 다니기도 했다.

여름이면 총석정 앞바다에 나가 살다시피 했다. 부모님은 농사일로 바빠도 막내인 나는 날마다 노는 게 일이었다. 총석정뿐 아니라 고저항에서 가까운 송전 해수욕장, 치궁리, 호제비 벌은 우리들의 놀이터였다. 낚시질과 헤엄치기, 조개 잡기, 전복과 해삼 줍기, 성게 따기는 정말 신나는 놀이였나.

겨울에는 연날리기를 했고, 눈이 쌓이면 토끼사냥을 하느라 눈 속을 헤치고 다녔다. 봄이 되면 누나와 나물을 뜯으러 가서 연둣빛 싹은 모두 뜯어 담아 꼴망태에 메고 왔는데, 엄마가 먹을 수 있는 나물을 골라내고 나니 절반도 안 되었던 기억도 난다.

신나는 모험도 수없이 많았다. 언젠가는 일본인이 운영하는 조선소 앞바다에 설치해 놓은 커다란 나무판을 타고 죽방까지 신나게 떠내려갔다. 그런데 갑자기 몰아친 폭풍 때문에 그 나무판을 버리고 알몸으로 헤엄쳐 나와 집까지 뛰어왔던 사건은 두고두고 웃음이 터져 나오는 일이었다.

어디 그뿐일까. 바다에서 전마선(큰 배와 육지 또는 배와 배 사이의 연락 일을 하는 작은 배)을 타고 흔들다가 그 작은 배를 엎어트리고는 엎어진 배 위로 다른 아이들이 올라오지 못하게 장난을 치면서 신나게 놀기도 했다. 지금 생각하면 아이들한테는 좀 위험한 놀이였지만, 그런 놀이는 위험할수록 더 재미있었다.

재환이네 집 앞에 복숭아 과수원이 있었다. 어느 날 복숭아가 먹고 싶어서 지나다가 두어 개를 따먹었는데 그만 주인에게 들키고 말았다.

"어린 것들이 벌써부터 남의 것에 손을 대? 바늘도둑이 소도둑 되는 법이야! 이리 가까이 와 봐! 혼꾸멍이 나야 다시는 나쁜 짓을 하지 않지."

그날 주인 할아버지한테 뺨을 맞았는데 며칠 동안 얼얼했다. 아이들이 서리를 하면 어른들은 보통 눈감아 주거나 웃어 넘기는데, 그 할아버지는 해도 너무 한다는 생각이 들어 복수를 하기로 했다.

비바람이 몹시 부는 날, 재환이와 나는 그 과수원에 가서 채 익지도 않은 복숭아를 가지째 흔들어 모조리 떨어뜨려 버렸다. 몰래 한다고 했는데 결국 또 들키고 말았다. 그 일로 부모님까지 그 할아버지에게 불려가 굽신거렸던 걸 보면, 복수가 그리 성공적이지는 않았던 것 같다.

어느 해 겨울에는 썰매를 타러 갔다가 너무 추워서 불을 놓았는데 그 불이 그만 솔밭에 옮겨붙어서 어른들에게 엄청 혼난 적도 있었다. 철모르는 우리는 그렇게 천방지축으로 뛰어다니며 놀았지만, 어른들은 일본이 발악을 하면서 점점 더 살기가 힘들어진다며 걱정했다.

어머니는 살림을 늘려 보려고 생선을 이고 시골로, 또는 멀리 안변이나 더 멀게는 원산까지두 팔러 다녔다. 유난히 눈이 많이 쌓인 어느 겨울날에도 어머니는 생선을 팔러 나갔다. 그날 학교에서 돌아오니 아버지만 계시고 어머니는 없었다. 눈은 점점 더 펑펑 쏟아졌다. 겨울에 눈이 심하게 내릴 때면 처마까지 쌓일 때도 자주 있었다.

저녁 무렵이 되자 아버지가 걱정스럽게 말했다.

"이렇게 눈이 많이 오는데 네 엄마는 오늘 외가에서 자고 내일 오면 좋으련만."

외할머니 댁은 우리 집에서 한참 떨어져 있었다. 엄마는 곧잘 외갓집 마을로 생선을 팔러 가곤 했다. 그날 밤, 재환이가 온몸에 눈을 흠뻑 뒤집어쓴 채 처마 밑으로 뛰어들며 외쳤다.

"외삼촌, 외삼촌, 빨리 가 보세요. 외숙모가 구항리에서 오다가 눈 속에 넘어지셨어요. 빨리 가 보세요."

아버지가 깜짝 놀라 어디에서 넘어져 있더냐고 물었다.

"구항리 중간에 큰 내가 있잖아요. 내를 건너서 가파른 둑으로 올라오다가 눈길에 미끄러지셨어요. 함지를 머리에 인 채로 넘어지셔서 생선이랑 쌀자루랑 콩자루가 다 쏟아졌는데 빨리 집으로 가야 한다고 했더니, 먼저 가라면서 콩을 줍고 계셨어요. 빨리요. 빨리 가 보세요."

재환이의 말에 아버지가 급하게 지게를 지고 구항리로 갔다. 눈은 계속해서 내렸다. 나는 어머니가 무사하기를 빌며 발을 동동 굴렀다.

아버지는 어둑서니가 내릴 무렵에야 지게에 함지와 자루를 지고 돌아오셨다. 어머니가 그 뒤를 따라오셨다. 어머니는 정신이 반쯤 나간 사람 같았다. 아버지가 가 보니 어머니는 재환이 말 대로 눈 속에서 콩을 줍고 있었는데 이미 제정신이 아니었다. 아버지는 그런 어머니를 거의 강제로 끌고 오셨다.

어머니는 그 후 며칠 동안을 심하게 앓았다. 어려운 생활에 한 푼이라도 더 보태려고 그렇게 몸을 아끼지 않다 보니 몸살이 났던 것이다.

일본의 패망이 가까워지니 신나는 놀이도 할 수 없었다. 우리는 놀이 대신 방공 훈련이니 소개 훈련이니 야간 훈련이니 하는 훈련을 받아야 했다. 전쟁의 소용돌이에 우리들 세상이 한순간 사라져 버린 듯했다.

생활도 점점 힘들어졌다. 마을 사람 모두 만주에서 가져온다는 대두박을 먹어야 했다. 나는 대두박이 먹기 싫어서 일본이라면 무조건 미워했다. 일본인 선생도 예외는 아니었다.

특히 아이들이 '야마네꼬'(살쾡이)라는 별명을 붙인 일본인 선생은 악질 중에 악질이었는데, 그는 매번 우리를 벌벌 떨게 만들었다. 어떤 날은 우리가 돈치기 놀이를 하는 걸 보고 천황폐하의 얼굴이 새겨진 돈은 천황의 머리인데 그걸 가지고 놀았다며 매질을 하기도 했다.

일본인 선생이 점점 거칠어진다고 느낄 무렵 이즈 섬의 옥쇄니 사이판 섬의 옥쇄니 하는 말과, 유황도와 오키나와의 전투 상황이 심각하다는 소식이 들렸다. 가미카제 특공대란 말도, 본토 결전이라는 말도 들려왔다.

해방

1945년 8월 15일, 바닷가에서 뛰놀던 우리는 난데없는 만세 소리와 함성에 깜짝 놀랐다. 분명한 우리말이었다. 일본 말이 아니라, 그동안 마음 졸이며 쓰던 우리말이었다.

"만세! 대한민국 만세!"

거리마다 사람들이 쏟아져 나와 만세를 불렀다. 모두 우리 말로 목이 터져라 외쳤다. 어떤 사람은 펄쩍펄쩍 뛰고, 어떤 사람은 눈물을 흘리고, 어떤 사람은 서로 부둥켜안았다. 어른 들은 정어리 공장에 몰려가 마당에서 춤을 추었다. 아버지는 새납(태평소, 나팔 모양으로 된 우리나라 관악기)을 불며 덩실덩실 어깨춤을 추었다. 한쪽에서는 큰 솥을 걸어 놓고 물을 끓이고 있었다.

나는 영문을 알 수 없어 친구들과 함께 학교로 뛰어갔다. 조선 사람인데 아라이라는 일본 이름으로 불리던 선생님이 하늘만큼 귀하게 여기던 천황의 사진과 문장, 일본 국기와 일본어로 쓰인 간판들을 떼어다가 운동장에 모아 놓고 불을 붙이며 말했다.

"얘들아, 이젠 일본놈들이 망했다. 우리나라가 해방되었어. 해방이야, 해방! 알겠냐?"

우리는 어리벙벙한 채로 불길에 타는 천황의 얼굴만 바라보았다. 일장기에도 불이 붙어 활활 타고 있었다. 일본이 망한 것은 알겠는데 무엇이 달라지는지, 이제 어떤 세상이 오는지 감이 잡히지 않았다. 확실한 건 이제 천황의 사진에 대고 인사를 하지 않아도 된다는 것이었다.

우리는 이 교실 저 교실 뛰어다니며 천황 사진과 일본어 간판을 떼어다 불길에 던졌다. 재미있었다. 일본인 선생은 한 명도 없었다. 마음대로 우리말을 해도 혼내는 사람이 없으니 너무 좋았다. 태울 것들을 죄다 태우고 나니 저녁때가 되었다. 나와 재환이는 학교에서 나와 길거리로 향했다.

그런데 걷다 보니 사람들이 손에 일장기 비슷한 것을 들고 있는 게 보였다.

"야, 저거 일장기 아냐? 저것도 태워야 하는 거 아닌가?"

그때였다. 내 옆에 있던 어른이 호통을 쳤다.

"이놈아, 저건 우리나라 태극기야. 우리나라 국기. 아이고, 애들이 우리나라 국기를 한 번도 본 적이 없으니."

그때까지만 해도 우리나라에 국기가 있는 줄 몰랐다. 재환이도 나도 태극기는 처음이었다.

"그런데 좀 이상하게 생기지 않았냐? 일장기랑 동그라미는 같은데 색깔만 틀리지?"

"아냐. 막대기도 네 귀퉁이에 있잖아. 짧은 막대기 도막들."

우리는 잠시 태극기를 지켜봤다. 태극기를 든 어른들은 덩실덩실 춤을 추며 기쁜 표정을 짓고 있었다. 우리도 어른들 흉내를 내며 어깨를 들썩였다. 뭔지는 몰라도 해방은 좋은 거라는 생각이 들었다.

며칠 후 야마네꼬 선생이 장전까지 도망가다 잡혀 사람들에게 매를 맞았다는 소식이 전해졌다. 그러고 보니 일본인은 모두 자취를 감춘 듯했다. 온 가족이 몰래 도망치거나 가족을 버리고 혼자만 도망친 일본인의 이야기가 사람들 입에 오르내렸다.

사람들은 연일 모였다 하면 잔칫날처럼 즐거워했다. 사람들의 입에서는 그동안 묵혀 두었던 말들이 쏟아져 나왔다. 별의별 말들이 점점 풍선처럼 부풀려져 떠돌아다니다 맘껏 부풀면 하늘로 올라가 터지는 것 같았다.

무엇보다 일본이나 만주, 필리핀, 저 멀리 남양 군도까지 징용으로 끌려간 사람들이 돌아올 수 있다며 좋아했다.

"어서 돌아와야지. 그동안 얼마나 고생했겠어. 이제 해방이 되었으니 모두 돌아오겠지."

그때 내 귀에는 해방이란 말이 가장 많이 들렸다. 해방 덕분에 우리나라 태극기도, 징용이라는 말의 뜻도 알게 되었다. 우리나라, 조국, 민족, 우리말과 우리글……. 이런 것들이 꼭 알아야 할 중요한 말이라는 사실을 나는 그제야 조금 깨달았다.

여름 방학이 거의 끝나가고 있었다. 개학을 며칠 앞둔 어느 날이었다.

성섬 북쪽에서 커다란 배가 항구 쪽으로 오다가 멈춰서 동네 쪽을 살펴보고 있었다. 잠시 후 그 함선에서 초계정 한 척이 떨어져 나오더니 쏜살같이 항구로 달려왔다. 초계정 뒤로 물거품이 일어 마치 바다에 하얀 길을 낸 것 같았다. 항구에 들어와 잠깐 머무는가 싶더니 항구를 한 바퀴 빙 돌다가 일본인이 경영하던 정유 공장 앞 다리 부근에 딱 멈추었다.

바닷가에 있던 사람들이 금세 초계정이 있는 곳으로 몰려갔다. 바닷가에서 놀던 우리도 뛰어갔다. 재환이가 어른들 틈새를 비집고 안쪽으로 들어가며 말했다.

"빨리 이쪽으로 와 봐. 시꺼멓게 생겼는데 처음 보는 사람이야!"

초계정에는 뱃기름으로 범벅이 된 옷을 입은 사람이 있었는데, 그는 고개를 빼꼼히 내밀고 항구에 모인 사람들을 바라보고 있었다. 꼴이 꼭 진흙탕에서 뒹군 사람 같았는데, 그래서인지 눈이 유난히 반짝거려 보였다.

한참 후 초계정에서 체격이 우람한 남자가 내렸다. 그는 차림새가 앞에 나와 있는 사람보다는 깔끔해 보였다. 옷도 기름때가 덜 묻어 있었다. 그 뒤를 따라 두 명이 더 내렸는데, 그들은 어깨에 기관단총을 메고 있었다.

재환이 말대로 생전 처음 보는 사람들이었다. 그 사람들이 항구에 모인 사람들에게 무어라고 손짓을 하며 띠들어대는데 그 말을 알아듣는 사람이 한 명도 없었다. 체격이 건장한 남자가 손으로 항구 쪽을 가리키며 외쳤다.

"꼬떼이? 꼬떼이?"

그때 옆 동네 아저씨가 고개를 끄덕이며 말했다.

"아, 꼬떼이."

모여 있던 사람들이 꼬떼이가 도대체 뭐냐고 물었다.

"'고떼이'말이오, 고떼이. 일본놈들이 고저를 고떼이라고 하는 거 안 들어 봤소? 고저가 맞느냐고 묻는 것 같은데."

초계정을 타고 온 사람들이 또 뭐라고 떠드는데 무슨 말인지 몰랐다. 그들은 몇 번이나 알아들을 수 없는 말로 뭔가를 묻더니 아무 소득 없이 다시 왱하고 엔진 소리를 내며 큰 배로 돌아갔다. 나는 그때 어른들이 로스께라고 부르는 소련 사람을 처음 보았다.

그들은 소련군이었다. 사나흘 후 소련군이 고저읍으로 들어왔다. 약간의 기병과 보병으로 편성된 소련군은 오랫동안 전투에 찌들었는지 형편없이 더러웠고 얼굴은 눈만 반짝였다. 그야말로 거지꼴이 따로 없었다. 머리는 빡빡 깎은 대머리였고 행군 태도도 엉망이었다. 어린 우리들 눈에도 그렇게 비쳤으니 얼마나 형편없는지 몰랐다.

며칠 후 학교에서 들으니 그 군대는 형무소에 있던 죄수들로 된 부대라고 했다. 죄수 부대는 일본인이 경영하던 화기 공장 옆 여관에 자리 잡고 있었는데, 호기심이 많은 나와 재환이는 그들을 구경하고 싶어 그 앞을 자주 지나다녔다.

얼마 후 그 부대는 새로 온 부대와 교체되었다. 새 부대는 군복도 깨끗했고 행군을 할 때도 질서정연해서 정말 군인답게 보였다.

해방 후 처음으로 새 학기가 시작되었다. 그러나 책도 거의 없고 선생님 수도 모자라서 한 선생님이 여러 반을 가르쳤다. 처음으로 학교에서 우리말이며 우리 역사를 배웠는데 우리말을 마음대로 쓰고 말하니 얼마나 좋은지 몰랐다.

해를 넘기자 나라에서 토지개혁을 한다고 떠들썩했다. 우리 집 바로 앞에는 일본에서 동경제국대학을 나온 아주 잘 사는 사람이 있었는데, 토지개혁으로 알거지가 되었다고 했다.

그 집은 할아버지 때부터 절약하여 돈을 모았고 어려울 때는 콩죽으로 연명하면서도 저축을 해서 땅을 사고 손자를 공부시킨 집이었다. 그런데 하루아침에 모든 재산과 토지를 빼앗긴 것이다. 그들은 달랑 보따리 몇 개만 들고 안변으로 떠나야 했다.

나는 궁금해서 형한테 물었다.

"형, 토지개혁을 하면 부자들은 다 도망가는 거야?"

"악덕 지주는 자기가 살던 곳에서는 살 수 없대. 반항을 하지만 않았어도 쫓겨나지는 않았을 텐데."

형도 고개를 갸웃거리며 대답했다.

"형, 부자는 나쁜 거야?"

"악덕 지주는 농민들의 적이야. 모두가 잘 사는 세상이 되어야지."

땅이 없는 가난한 농민과 머슴들은 농촌위원회를 조직했다. 그들은 일본인을 도왔거나 민족을 배반한 사람들이 가지고 있는 토지를 모두 빼앗아서 토지가 없거나 부족한 농민에게 나누어 준다고 했다. 나와 형은 그것이 좋은 일이라고 생각했다.

그런데 아버지는 고개를 저었다.

"무슨 놈의 세상인지 모르겠어. 우리가 나서서 좋은 사람들이니 같이 살게 해 달라고 간절하게 요구했는데도 기어이 쫓아내다니."

"이왕 빼앗길 거 그냥 내줬으면 쫓겨나지는 않았을 텐데. 쯧쯧."

혀를 차며 말하는 엄마에게 아버지가 버럭 소리를 질렀다.

"아 조상 때부터 절약하고 고생하며 모은 재산과 토지를 어떻게 순순히 내놓겠어?"

어른들은 토지개혁을 좋아하지 않는 눈치였다. 토지개혁은 세상을 뒤집는 일 같았다. 부자들은 괄시를 받았고 가난한 머슴들은 기세가 등등해졌다.

형은 소련군이 들어온 후부터 모임에 자주 나갔다. 그 무렵부터 학생들이 참가하는 모임이 많이 생겼다. 누나는 동네에 있는 구세 병원에 다니기 시작했다. 형과 누나는 막내인 나를 늘 어린애로 여겼다.

나는 열네 살에 국민학교를 졸업해 고저중학교에 입학했다. 입학한 지 얼마 지나지 않아 바로 2학년이 되었다. 학교 제도가 갑자기 바뀌었기 때문이다. 그때 고저여자중학교도 생겼다.

고저여중에는 영분이라는 애가 있었는데, 그 애만 보면 그렇게 가슴이 두근거릴 수가 없었다. 한동네에 살았지만 어렸을 때는 잘 모르던 친구였는데 중학교에 들어간 뒤부터 이상하게도 그 애가 보이기 시작했다.

가끔은 몰래 숨어 등교하는 영분이를 기다리곤 했다. 그러다 막상 만나면 우연히 만난 것처럼 어색하게 아는 체를 하며 그 애 뒤를 따라가곤 했다. 영분이가 말이라도 걸어 주는 날에는 하루 종일 기분이 좋았다.

중학교에서 처음으로 영어를 배웠는데 얼마 후 영어 과목이 없어졌다. 학교에서는 이제부터 세계 공용어는 러시아어라면서 영어 대신 러시아어를 가르쳤다. 그러나 무엇 하나 제대로 배우지 못했다. 수업 시간에 주로 했던 공부는 영어나 러시아어가 아니라, 조선 민주주의가 어떻고 김일성 사상이 무엇이고 하는 따분한 정치 사상과 공산당 이론이었기 때문이다.

한편, 학급 단위로 소년단이며 민주청년위원회 같은 조직이 생겨났다. 나는 소년단 분단 위원을 했다. 그때 나는 형의 영향을 많이 받았다. 형은 국민학교 때부터 학교의 영웅이었다.

로스께가 들어오고 형이 완장을 차기 시작한 후 집에서도 형이 하는 말들이 점점 세졌다. 아버지는 형을 걱정했다. 반면 엄마는 형이 하는 일은 뭐든 자랑스러워했다.

해방 이후, 우리 가족은 앞으로 일어날 무시무시한 전쟁은 상상도 하지 못한 채 대체로 평온한 일상을 지내고 있었다.

토지개혁

북한에서 1946년 3월부터 시행된 토지개혁. 북조선 임시 인
민위원회가 공표한 '토지개혁에 관한 법령'에 따라 당시 북
한 당국이 토지를 몰수했고, 몰수한 토지를 농민들에게 분
배했다.

- 한국민족문화대백과사전(http://encykorea.aks.ac.kr),
위키피디아(https://ko.wikipedia.org) 참고

우리 형

형의 이름은 박태철이었다. 형은 이름에서도 강인함이 느껴졌다. 재환이는 형을 나보다 더 좋아했다. 형과 재환이는 같은 교회에 다녔다. 상고저리에 있는 고저읍 감리교회였다.

해방 전, 형은 성서와 노래 악보가 빼곡한 찬송가를 늘 몸에 지니고 다닐 정도로 열렬한 신자였다. 찬송가는 겉이 푸른 헝겊으로 덮여 있었는데, 그것은 어느 선교사가 형에게 준 선물이었다. 나는 교회에 별 관심이 없었다. 형을 좋아하면서도 같이 교회에 나가고 싶은 마음은 들지 않았으니 내가 생각해도 이상한 일이었다.

형은 아홉 살에 국민학교에 입학해서 약간 늦은 편이었는데, 졸업을 앞두고 장티푸스에 걸려 사흘 동안 학교에 가지 못한 걸 제외하면 결석 한 번 한 적이 없었다. 그만큼 형은 성실하고 건강했다.

공부도 언제나 일등이었는데, 형은 학교에서 사용하던 일본어 독본을 다 외울 정도로 머리가 좋았다. 글씨도 아주 잘 썼고, 축구에도 소질이 있었다. 또한 늘 머뭇거리며 뒤에 머물던 나와 달리 앞장서서 친구들을 이끄는 능력이 있었다.

집에서 형은 재주 덩어리였다. 엄마가 형에게 아쉬워한 단한 가지는 형이 왼손잡이라는 점이었다. 당시만 해도 왼손잡이에 대한 편견이 강했기 때문에 엄마는 형을 오른손잡이로키우려고 애썼다.

내가 중학교 2학년에 월반할 때 형은 집안 사정 때문에 진학을 포기하고 고저 우체국에 소사로 취직했다. 그때 형은 통신 강의록과, 멀리 나남에 있는 사촌 형들이 쓴 노트를 얻어다가 중학 과정을 공부했다.

우편 배달을 하러 장전이나 안변까지 자전거로 다녀오면한밤중에 돌아왔는데, 그 먼 곳을 다녀와서도 밤늦게까지 강의록과 노트를 가지고 공부에 전념했다. 그렇게 독학으로 실력을 쌓은 형은 마침내 통천고등학교에 당당하게 입학했다.

어느 날부터 형도 교회에 나가지 않았다. 재환이는 나만 보면 교회에 다니자고 졸랐다.

"야, 너도 가자. 교회 가면 이것저것 배울 수도 있고, 간식도 준단 말야."

"난 형이 싫어서 안 갈래."

"요즘 네 형이 난 무서워. 태철이 형이 많이 변했어. 교회도 안 나오고."

그때 형은 김일성 사상에 조금씩 빠져들기 시작했다. '민청'이라 불린 민주청년동맹이 조직되자마자 동맹원이 되었고, 학생 민청 위원장까지 맡았다.

형은 모든 학생의 우두머리가 되고 나서부터 교회에 나가지 않았다. 교회에 가는 대신 민청의 선두에 서서 무슨 무슨 인민 궐기대회를 열었고, 그때마다 열렬한 웅변을 토했다. 사람들은 그런 형에게 박수갈채를 보냈다.

나는 중학교 3학년이 되면서 형과 함께 행동하기 시작했다. 겨울 방학이 시작된 직후 성탄절 전야였다. 나는 민청의 지시를 받고 국민학교 소년단원까지 소집하여 무리를 이끌고 교회로 갔다. 성탄 전야라 교회에서는 성극과 예배를 준비하고 있었다. 우리는 밖에서 예배당을 에워싸고 '소년단원은 학습반으로!', '위대한 지도자 김일성 만세!' 등의 구호를 외치며 소란을 피웠다. 얼마나 소란스러웠는지 예배당에서 목사가 나와 너무 시끄러워 예배를 드릴 수 없다고 했다.

그때였다. 형과 몇몇 민청 동맹원들이 갑자기 목사의 멱살을 잡았다.

"교회는 수령님을 모독하는 독버섯이야! 당장 문을 닫아 버려!"

형의 목소리가 교회 마당을 쩌렁쩌렁 울렸다. 나는 너무나 과격한 형을 보면서 어찌할 바를 몰랐다.

"뭐해? 빨리 안에 들어가서 애들을 밖으로 끌어내!"

형의 명령에 학생들이 우루루 안으로 들어갔다. 나도 따라 들어갔다. 예배당 안에서 성극을 하던 학생들을 억지로 끌어냈다. 거룩한 밤을 그야말로 난장판으로 만든 것이다.

이튿날 성탄절에도 저녁을 먹자마자 소년단원들을 동원해 교회로 갔다. 그날은 초저녁부터 교회 문을 아예 막아 버렸다. 우리 때문에 학생들은 교회 안으로 들어갈 수가 없었다. 그때 나는 재환이에게 너무 미안했다. 그러나 망설이던 일도 일단 행동을 하고 나면 거칠 것이 없어졌다. 이렇듯 나는 형을 통해 조금씩 과감해졌다.

그 당시 소련군을 등에 업은 김일성은 정치보위부를 이용해 비밀경찰 정치를 시작했다. 사람들을 서로 감시하게 했고, 공산당에 불만을 토로하는 이가 있으면 성토대회를 열어 그 사람을 공개적으로 재판하게 했다. 사람들은 점점 말을 함부로 할 수 없었고, 이웃끼리 서로 눈치를 보게 되었다.

나는 무엇이 자유이고 민주주의인지, 참다운 평등은 무엇인지 갈수록 혼란스러웠다.

형은 김일성이 유일한 민족의 태양이고 세상의 주인이라 했다. 형은 시간이 흐를수록 그렇게 열렬한 공산당원이자 김일성 사상에 투철한 민청 위원장이 되어갔다. 나는 고민이 많았지만, 한편으로는 막연하게 형처럼 위풍당당한 민청 동맹원이 되고 싶다는 생각도 들었다. 형은 언제나 자랑스러운 우리 가족이었고, 어린 시절 나의 우상이었기 때문이다.

1950년 6월 27일, 형은 다른 소년병들과 함께 함흥으로 떠나는 기차에 올랐다.

그곳에서 하사관 훈련을 받고 서울 해방전선으로 갈 거라고 했다. 그날 내무서 광장에서 나는 마지막으로 형을 보았다. 그때는 물론 그것이 마지막이 될 줄은 꿈에도 몰랐다.

엄마는 형이 떠난 후 다시 한동안 정신이 반쯤 나가 있었다. 전쟁이 끝나고 엄마는 과연 형을 다시 만났을까? 꼭 그랬으면 좋겠다.

형에게 작별 인사를 제대로 하지 못한 것이 한스럽다.

민주청년동맹

1946년 1월에 결성된 '북조선 민주청년동맹'으로 민족 해방
과 인민 민주주의, 사회주의 혁명 과업을 실현하는 것을 목
적으로 하는 청년 조직이다. 2016년 '김일성-김정일주의 청
년 동맹'으로 명칭이 변경되었다.

- 한국민족문화대백과사전(http://encykorea.aks.ac.kr) 참고

행군

1950년 6월 28일, 운동장에 모인 소년들

나를 부모님에게서, 재환이에게서, 그리고 고저항에서 억지로 떼어 낸 트럭은 북쪽으로 계속 달렸다. 저녁노을에 잠긴 아름다운 고저항도, 잔잔한 저녁 바다도, 상섬과 총석정도 점점 뒤로 휙휙 물러났다.

명태들이 줄지어 널린 덕장도 뒤로 물러나고, 두 눈이 퉁퉁 부은 엄마의 얼굴과 영분이의 어리둥절한 얼굴과 재환이의 얼굴만 점점 더 뚜렷해졌다. 나도 모르게 속으로 엄마를 불렀다. 동시에 눈물이 왈칵 쏟아졌다. 축산학교 학생들이 고래고래 소리치는 군가가 오히려 고마웠다.

드디어 도착한 곳은 안변여자고등학교 운동장이었다. 밤

중에 운동장에서 인원 점검을 하고 교실에 들어가서 그대로 누워 잤다.

눈을 감았다 뜬 것 같았는데 어느새 이튿날 아침이었다. 아침밥을 먹고 운동장에 모였는데 철원과 양양에서 동원된 학생들과 청년 수백 명이 운동장에 도착했다. 운동장 밖에는 수많은 사람들이 길가에 있었는데, 누군가 안변 장날이라고 했다.

점호를 마치고 기다리는데 운동장 밖에 과일 장수들이 늘어서 있었다. 나는 문득 복숭아가 몹시 먹고 싶었다.

"옛날 같으면 복숭아 서리해서 먹을 텐데."

종규가 군침을 삼키며 말했다.

"돈이 없으니까 더 먹고 싶다."

창균이도 군침을 삼켰지만 우린 모두 빈털터리라 눈요기가 고작이었다.

그때 갑자기 귀청이 찢어지는 폭음이 울렸다. 하늘에 편대를 이룬 전투기들이 나타났다. 전투기 편대는 원산 쪽으로 날아갔는데 어떤 청년들이 인민군대 비행기라면서 만세를 불렀다. 나는 왠지 불안해서 창균이에게 말했다.

"창균아, 인민군대에도 전투기가 있니? 난 어쩐지 인민군대 전투기가 아닌 것 같아. 우리 얼른 피하자."

종규도 창균이의 손을 잡고 나와 함께 과수원 쪽으로 뛰어
가 숨었다. 운동장에 있던 수백 명이 무질서하게 우왕좌왕했
다. 전투기 편대가 요란한 소리를 내며 또 지나갔다. 잠시 후
원산 쪽에서 엄청난 폭발음이 들렸다. 기총 사격 소리도 멀리
서 들렸다.

나는 창균이와 종규와 함께 과수원에 숨었다.

"저 소리 들리지? 폭격 소리 말야. 방금 날아간 건 인민군
대 전투기가 아냐."

"아니거나 말거나. 일단 배가 고파 죽겠다. 사과나 따 먹고
보자."

"그래. 일단 배부터 채우자."

우리는 서리를 하듯 사과를 마구 따 먹었다. 풋사과라도
맛있었다.

저녁에도 공습경보가 울렸다. B-29기가 불빛을 천천히 깜
빡이며 늠름한 모습으로 나타났다. 그때까지도 나는 B-29기
가 무섭지 않았다. 그 모습이 오히려 멋있어 보이기까지 했
다. 우리는 그것이 잔인한 폭격기라는 사실은 생각도 못한 채
목을 빼고 구경하기에 바빴다.

"야, 멋있다."

"그래, 진짜 멋있다."

그런데 그 B-29기가 지나가자마자 전투기 폭음이 들렸다. 원산 쪽에서 불기둥이 솟았다. 우리는 과수원에서 나와 하늘로 치솟는 불기둥을 바라보았다. 폭격기들이 원산의 정유 공장을 폭격한 것이었다.

그때 교관이 호루라기를 불어 대원들을 정렬시켰다. 수백 명이 밤길을 걸어 덕원까지 행군했다. 배화를 지나니 한밤중이 되어 깜깜해졌다. 그러나 폭격을 당한 정유 공장의 화염이 멀리서 어둠을 밝혀 주었다.

원산 시가지도 폭격을 당했다고 했다. 가끔씩 전투기들의 기총 사격 소리가 귀청을 찢었고 그때마다 요란하게 콩 볶는 소리가 들렸다.

우리는 전쟁터에 있으면서도 전쟁을 실감하지 못했다. 전투기가 나타나면 저 비행기에 타 봤으면 좋겠다는 생각을 했고, 원산에서 치솟는 불기둥을 보면서도 밤길을 밝혀 줘 다행이라는 생각뿐이었다. 두려움이나 긴장감은 어디에도 없었다.

덕원역에서 밤늦게 기차를 탔는데 새벽녘에 고원에 도착

했다. 고원에서도 어떤 학교 교실에서 잠을 잤다. 덮을 것도 베개도 없이 자야 했다. 그래도 온종일 걸어서 녹초가 되었기 때문인지 누우면 금세 잠이 들었다.

7월 20일 밤, 열차를 타고 고원을 출발해서 부대산에 도착했는데 내리지 못한 채 하루를 꼬박 기차 안에서 지냈다. 기차 안에서는 개인 행동이 철저하게 통제되었다. 배가 몹시 고파 꼬르륵거리는 소리만 유난히 크게 들렸다.

이튿날 다시 기차가 출발했는데 사방이 모두 산이었다. 기차 안에서 자다 깨다를 반복하다가 어느 역에 도착했다. 석탕 온천이라고 했다. 폭격을 당할까 봐 낮에는 기차 안에서 그대로 쉬고 밤에만 출발한다고 했다.

창균이가 다른 사람은 들리지 않게 소곤소곤 말했다.

"어디까지 가는 걸까? 설마 그냥 무작정 가고 있는 거 아냐? 게다가 기차가 폭격하기 좋은데 왜 기차 안에서만 있으라고 하지? 전투기가 기차에 대고 폭격할 거 아냐? 우리 이러다 다 죽는 거 아닐까?"

종규가 창균이에게 말했다.

"재수 없이 그런 말은 입 밖에 내지도 마. 말이 씨가 된다잖아. 어서 잠이나 자자."

기차는 그날 밤 순천을 거쳐 자산에 도착했다가 다시 출발했다. 어디로 계속 가느냐고 물었더니 누군가가 평양이나 만주 쪽으로 간다고 말했다.

"이상하지 않냐? 남조선 해방전선으로 가는데 왜 북쪽으로만 가는 거지?"

"우리를 훈련시켜서 보낸대. 사실 우리는 군인도 아니고 총도 쏠 줄 모르잖아."

고단함 속에서 자꾸만 이상한 생각이 들었다. 다행히 종규와 창균이가 곁에 있어서 나는 친구들과 함께 불안함을 달랠 수 있었다.

7월 18일 밤에 덕원역을 출발한 지 엿새 만에 서평양역에 도착했다. 곧바로 평양 제2고등학교로 가서 운동장에 누워 그대로 잤다.

1950년 7월 24일, 서글픈 평양

아침에 운동장에서 정렬을 하다 뜻밖에 기주 형을 만났다. 소련에 유학을 간 줄 알았는데 거기서 만나니 친형을 만난 듯 너무 반가웠다.

"기주 형, 우리 형 어디 있는지 알아요?"

"태철이 어디 있는지 나도 궁금한데? 너랑 같이 오지 않았니?"

"아뇨, 우리 형은 1차로 동원되었고 저는 3차에요. 그런데 형, 소련에 유학가지 않았어요?"

"유학? 갔다가 바로 왔어. 그럼 다음에 보자."

기주 형은 무뚝뚝하게 형의 소식을 묻더니 급히 다른 데로 가 버렸다. 우리 형과 기주 형은 같은 3학년이었는데, 기주 형은 출신 성분이 좋은 덕에 소련으로 유학을 갈 수 있었다. 우리 형도 소련에 가고 싶어 했지만, 훨씬 더 공부를 잘했음에도 출신 성분이 좋지 않아 선발되지 않았다. 나는 그때 형이 부모님을 원망하는 걸 처음 보았다.

기주 형을 보니 우리 형이 더 보고 싶었다.

'형은 지금쯤 남반부로 갔을까? 아니면 나처럼 북쪽으로 와서 훈련을 받고 있을까?'

이튿날 아침부터 교관들이 바쁘게 움직였다. 그들은 학교에 있는 대원들을 나이 순으로 분류해 각각 다른 방향으로 이동시켰다. 나처럼 어린 친구들은 평양 제3국민학교로 가게 됐다.

평양 거리를 걷고 있는데 문득 서글픈 생각이 들었다.

"진짜 평양에 오고 싶었는데 여기가 평양이네."

"올 거면 수학여행을 오든가 해야지, 지금 우리 꼴이 이게 뭐냐?"

흙에 먼지에 너덜거리는 교복과 숭숭 구멍 난 신발을 내려다보며 종규가 짜증스럽게 말했다. 이렇게 강제로 동원되어 평양 거리를 걷는다고 생각하니 앞으로 어떤 삶이 기다리고 있을지 막막하기만 했다. 이런저런 생각을 하며 걷는데 공습경보가 울렸다. 곧이어 고막이 터질 것 같은 대공포 소리가 났다.

"계속 걸어라! 계속!"

교관이 무서워하는 우리를 보고 재촉했다. 우리는 서평양에서 행군 중이었는데, 동평양 쪽에서 B-29기가 폭격을 하고 유유히 사라지는 게 보였다. 이제 더는 B-29기가 낭만적이라는 느낌이 들지 않았다. 그저 무서울 뿐이었다.

오후에 또 어느 학교에 모였다. 황해도, 함경도, 강원도, 평양에서 모인 학생들이 개미 떼처럼 바글바글했다. 그곳에서 고등학교 3학년 학생들은 따로 분류되어 디른 곳으로 보내졌다. 나머지 학생들은 저녁때 행군을 시작했다. 교관에게 물어보니 동평양을 거쳐 강동군 원탄면 해리까지 간다고 했다.

행군을 하면서 우리는 동평양역을 지나갔다. 그곳은 폭격으로 폐허가 되어 있었다. 누군가 6월 27일에 B-29기가 그곳을 쑥대밭으로 만들었다고 말해 주었다. 폭격이 시작되기 직전부터 공습경보가 울렸지만, 그 경보가 무슨 의미인지 몰라 미처 피난하지 못한 사람이 많다고 했다. 특히 기차와 전차를 타고 있다가 폭격을 당해 그대로 숨진 사람들이 많았다.

이날 행군의 종착지는 어떤 학교였다. 우리는 밤늦게 도착했는데, 그곳에는 이미 학생 수백 명이 모여 있었다. 교관은 지난번처럼 운동장에 그대로 널부러져 자라고 했다.

하지만 운동장이 이미 꽉 찬 상태라 우리는 바로 옆 야산에서 자야 했다. 운동장이건 야산이건 몸이 땅에 닿으면 그대로 눈이 감겼다. 흙투성이가 된 학생복은 통천을 떠나던 날부터 그때까지 한 번도 벗은 적이 없어서 옷인지 넝마인지 분간도 하기 힘들었다.

이튿날 잠에서 깨니 창균이가 겁에 질려 있었다.

"어젯밤에 풀밭에서 자다가 독사에 물려 죽은 학생이 있대."

"뭐! 독사?"

우리는 깜짝 놀라 얼른 운동장으로 내려왔다.

"야, 우리도 이러다 독사에 물려 죽고, 폭격에 죽고, 배가 고파서 죽고, 결국 죽는 게 아닐까."

종규가 불안한 눈을 굴리며 말했다.

"맞아. 이러다 언제 죽을지 모르겠어. 도대체 우릴 어디까지 데려가는 거지?"

창균이의 말이 맞았다. 언제 죽을지 모르는 일이었다. 우리 앞에는 늘 죽음이 도사리고 있었다. 순간 공포감이 엄습해 왔다. 그러다가도 마음이 약해지면 안 된다는 생각이 들었다.

다시 행군을 시작했다.

"오늘 안으로 원탄면 해리에 도착할 수 있다. 어서 힘을 내자!"

교관의 말대로 그날 저녁 해리에 도착했다.

훈련

1950년 7월 25일, 대동강변의 예비 군인

우리가 훈련을 받은 곳은 강동군 원탄면 해리였다. 그곳은 북쪽으로 대동강이 흐르고 동쪽으로 민둥산이 낮은 산줄기를 이루며 사방이 산과 강으로 둘러싸인 곳이었다. 그래서인지 외부 세계와 완전히 고립된 곳이라는 느낌이 들었다. 산 중턱에는 탄광인지 검게 보이는 곳이 있었고 주변에는 밭이 조금 있었다.

교관이 주먹밥을 나눠주더니 오늘부터 훈련이라고 했다.

"무슨 훈련을 하는 걸까?"

"모르지. 그런데 이렇게 많은 사람이 어디서 훈련을 받지?"

"이제 행군이 끝났나 봐. 진짜 다리가 아파 미치겠어."

"맞아. 발에 물집이 잡혔었는데 어느새 굳은살이 된 것 같아."

드디어 훈련을 받았다. 훈련은 중대별로 나눠서 시켰는데 주로 전선에서 살아남는 법을 가르쳤다. 고향을 떠날 때부터 계속된 강행군으로 지칠 대로 지친 학생들은 훈련을 받다가 자주 쓰러졌다. 교관도 무리라고 생각했는지 목이 마르면 바로 옆에 있는 대동강에 가서 물을 마시라고 했다.

훈련을 받을 때면 어찌나 더운지 땀이 흐르고 갈증이 무척 심했다. 낮에 훈련을 받다가 목이 마를 때는 강 깊은 곳까지 들어가 물을 마셨다. 물을 마시러 갈 때나 잠깐이라도 휴식할 때가 되면 내 눈은 항상 사방을 두리번거렸다. 혹시나 형을 만날까 싶어서였다. 그러나 형의 소식은 그 어디서도 들을 수가 없었다.

"너희들은 인민공화국 예비 군인이다. 훈련이 끝나면 남반부 해방전선에 곧 참여할 것이다."

훈련이 끝난다는 말이 얼마나 반가운지 몰랐다.

"우리 북조선 인민해방군이 드디어 대구를 해방시켰나!"

군인도 아니고 학생도 아닌 우리였지만, 용감무쌍한 인민군대가 남반부 대구까지 이르렀다는 소식에 모두 환성을 질렀다. 이제 부산 해방은 시간 문제라고 했다.

해리에 온 지 열흘 만에 또다시 행군을 시작했다. 이번 행군은 다시 평양 쪽으로 올라갔다. 김일성 대학 건물과 모란봉과 능라도가 내려다보이는 곳에서 잠시 쉬었다가 평양 시내로 내려왔다.

모란봉에는 인민군대가 수풀 속에 주둔하고 있었다. 능라도 근처에는 부서진 전투기 한 대가 있을 뿐이었다. 능라도는 경치가 좋은 곳으로 유명했는데, 그런 느낌은 전혀 들지 않았다.

고저에 살 때는 평양을 가 보는 게 소원이었다. 대동강 부벽루, 능라도, 모란봉이라는 이름만 들어도 세상에서 가장 아름다운 곳이라고 생각했다. 태어나서 꼭 한 번은 가 보고 싶던 곳에 나는 상거지 꼴을 하고 와서는 경치 구경은커녕 맨바닥에서 짐승처럼 뒹굴며 혹독한 훈련을 받아야 했다.

평양 제1중학교에 도착했다. 행군을 하다가 먹고 자는 곳은 다 학교였다. 그곳에서 군복을 지급받았다. 한 달 가까이 학생복을 갈아입지 못한 채 계속 행군하느라 꼴이 말이 아니었는데, 새 옷을 입게 되니 기분이 좋았다. 또 군복을 입으니 인민군이 되었다는 게 실감났다. 그러나 한편으로는 이제부터 전쟁을 해야 한다는 생각에 겁이 났다.

창균이나 종규는 그런대로 봐줄 만했는데, 나는 옷이 너무 커서 영 군복이라는 느낌이 나지 않았다. 우리가 받은 것은 달랑 군복 한 벌과 신발, 발싸개였다. 의류 말고는 무기도 배낭도 아무것도 없었다. 말 그대로 맨주먹이었다.

그곳에서 대기하다가 밤중에 기차역으로 갔다. 기차를 타고 한참을 달렸다. 어딘지 알 수 없는 곳에서 또 한참 동안 정차했다가 다시 출발했다. 그렇게 해서 하루 만에 도착한 곳이 황해도 황주역이었다. 기차에서 내려 황주 명덕국민학교까지 갔다. 또 운동장에서 쓰러져 잤다.

1950년 8월 5일, 입대식

아침 기상나팔 소리에 눈을 떴다. 점호를 마치자마자 동쪽으로 흐르는 강물에 세수를 했다.

집을 떠난 후 처음으로 주먹밥이 아닌 밥을 먹었다. 밥에 팥이 들어가 있었고, 포도당이라는 묵 같은 깃을 한 숟갈씩 얹어 먹었다. 국과 부식도 주었다. 참으로 오랜만에 밥과 국을 맛있게 먹었다. 그동안 날마다 주먹밥만 먹다가 국과 부식이 있는 밥을 먹으니 세상에서 가장 맛있는 밥 같았다.

식사를 마치고 입대식이라는 걸 했다. 우리가 거처할 내무반도 배정을 받았다. 이곳에서 한동안 하사관 훈련을 받는다고 했다.

"우리가 하사관이 되는 건가?"

"아니겠지. 하사관한테 훈련을 받는다는 말이겠지."

창균이 말이 맞았다. 하사관한테 기본 교육을 받는 것이었다. 형도 그런 말을 했기에 혹시 이곳에서 형을 만날 수 있지 않을까 하는 기대가 생겼다.

그곳은 교도대 훈련소였다. 가장 좋은 것은 잠자리였다. 날마다 운동장 맨바닥에 쓰러져 자거나 기차에서 자던 나는 처음으로 매트리스에서 잘 수 있었다.

무엇보다 고향 친구들을 만날 수 있어 기뻤다. 통천고 1학년 친구들을 거기서 만난 것이다. 친구들은 7월 28일에 동원되었는데 선생들과 내무서원들이 각 집을 방문해 데려왔다고 했다. 하지만 그 친구들 가운데 재환이는 없었다.

재환이도 형만큼이나 보고 싶었다. 그래도 고향 친구들을 만났다는 게 큰 위로와 힘이 되었다. 형의 소식을 물었지만,

먼저 떠난 형을 나중에 동원된 애들이 알 턱이 없었다. 동네 소식을 묻고 부모님 안부도 물었지만 모두 경황없이 떠나왔 기에 잘 알지 못했다.

한편, 우리를 훈련시키는 교관들은 삼팔선 전투에서 경험 을 쌓은 고참들이었다. 그들은 우리가 힘들어할 때마다 정신 무장이 중요하다며 자기 자랑을 일삼았다.

"나는 말야, 야전삽 하나로 육박전에서 적군을 십여 명이 나 무찔렀다고!"

교육과 훈련은 한밤중 산속에서 받았다. 언제 있을지 모르 는 공습 때문이었다. 전투기 폭격을 피하려면 산속이 안전하 다고 했다. 이론 교육도 받았고, 개인 화기를 분해하고 결합 하는 실습 훈련도 매일 했다. 제식 훈련과 내무 생활 훈련도 받았다.

나는 종규와 한 분대에서 함께 훈련했다. 창균이는 다른 분대에서 훈련을 받느라 고향을 떠난 후 처음으로 헤어졌다. 우리 분대에는 황해도 출신이 많았다. 교관은 우리가 총을 다 룰 줄 알게 되자 이렇게 말했다.

"너희들은 이제부터 인민군대라는 자부심을 가져도 된디. 황해도 황주라고 해서 B-29기의 공격이 피해가지 않는다. 더구나 여기는 평양이 가까운 곳이야. 그러니 항상 긴장해야 한다."

연일 공습이 이어졌다. 전투기들이 쉴 새 없이 날아다니며 공격을 퍼부었다. 산에서 식사를 하려고 모였다가 공습 때문에 밥도 먹지 못하고 피해야 했고, 자다가 대피할 때도 있었다.

반복되는 공습이 지긋지긋했다. 공습경보가 울릴 때마다 우리 인민군대는 왜 폭격기가 없는 건지 원망스러울 뿐이었다. 또 계속 이렇게 하늘에서 폭격을 해대면 전쟁에서 질 수도 있겠다는 생각에 불안감이 밀려왔다.

두려움이 엄습할 때면 엄마가 내게 해 준 말을 떠올렸다.

"전쟁터에 가면 다 죽는다는데 꼭 살아 돌아와야 한다."

엄마의 기대처럼 꼭 살아서 돌아가고 싶었다. 그러려면 용기를 내야 했다.

"동무들! 동무들은 영웅적인 인민군 전사가 되어야 한다. 훈련을 착실히 받은 후에 남반부 해방 지구에 가서 의용군들을 훈련시켜 조국을 보위하는 자랑스러운 의무를 수행해야 한다. "

교관은 우리 분대가 내무성 소속이며 해방 지구의 경비와 치안을 담당하게 될 거라고 말했다. 다행이었다. 교관들은 우리를 훈련시킬 때마다 위험한 전쟁터로 가는 게 아니라고 강조했다.

"동무들은 남반부 인민들에게 우리 인민공화국의 우수함을 보여 주어야 한다. 이승만 도당의 통치 아래 신음하는 남반부 젊은이들에게 동무들은 우리 인민군대의 자랑스러운 모습을 보여 줘서 남반부 인민들이 우리를 환영하도록 해야 한다."

나는 점점 사상 교육에 빠져들었고 전쟁 영웅이 되어야 살 수 있다고 생각하게 되었다. 그래야 형도 만나고 부모님에게 자랑스러운 아들이 된다고 믿었다. 남반부 인민들을 구할 생각을 하면 사명감이 절로 생겼다.

어느새 8월도 저물고 9월 초하루가 되었다. 저녁에 잠자리에 들어 막 꿈나라로 들어가는 순간 갑자기 비상소집을 알리는 경보가 울렸다. 또 야간 공습이구나 하고 일어났는데 뭔가 느낌이 달랐다. 대피가 아니라 완전 군장을 하고 운동장에 집합하라고 했다.

깜깜한 한밤중에 인원 점검을 마치고 행군을 시작했다. 그런데 멀쩡한 길을 두고 겨우 우마차가 지나다니는 좁은 산길

로 가야 했다. 달을 보면서 걷는데 어느 순간 남쪽으로 간다
는 걸 알게 되었다.

남쪽으로

1950년 9월 2일, 어둠 속의 행군

밤새 걷고 또 걸었다. 새벽인지 찬이슬이 내리니 한기가 몰려왔다. 장비라고는 배낭뿐이었는데 그 안에 있는 건 필기구와 세면도구, 발싸개 몇 장과 비누 한 장이 전부였다. 비상 식량도, 무기도 없었다. 군관과 하사관만 자동소총을 가지고 있었다. 산길로 계속 가니 이런 상태에서 적이라도 만나면 무기도 없는데 어떻게 해야 할까 은근히 겁이 났다.

아침 무렵 어떤 외진 동네에 이르렀는데 숲속에 숨었다가 저녁에 이동한다고 했다. 사리원 부근이라고 누군가 말했다. 우리는 남쪽을 향해 산길로 질러가는 중이었다.

다음날 또 주먹밥을 얻어먹고 계속 걸었다. 둘째 날부터는 걸으면서 자는 방법도 알게 됐다. 그 정도로 잠이 쏟아졌다. 졸다가 걸음이 느려져서 앞사람과 거리가 멀어지면 화들짝 놀라 다시 거리를 좁혀가며 걸었다. 졸면서 걷고 화들짝 놀라 뛰고 그러다 졸기를 반복했다.

그 이튿날에는 뽕나무밭에 숨어 있다가 갑자기 공습을 당했다. 이제까지 보지 못했던 폭격기였는데 동체가 하얀색이라 빛이 났다. 그 낯선 전투기를 보며 잠시 신기해했다. 나중에야 그것이 F-86 세이버 전투기라는 걸 알았다.

저녁부터 다시 걸었다. 발이 부르트고 물집이 생겨 고통스러웠지만 그래도 무작정 걸어야 했다. 낙오되면 안 되었다.

새벽하늘에 금성이 빛날 때였다. 갑자기 총소리가 요란했다. 앞에서 조명탄이 발사되어 사방을 환하게 비췄다. 이윽고 긴급 대피 명령이 떨어졌다. 남천 시내로 가기 위해 논두렁을 지나던 중이었는데 오른쪽 야산으로 뛰었다.

우거진 밤나무 숲에 숨어 숨을 돌리고 있는데 F-86 세이버가 소리도 없이 나타나 급강하하면서 기총 소사를 퍼부었다. 얼마나 놀랐는지 모른다. 우리는 그 전투기를 '쌕쌔기'라고 불렀다. 쌕쌔기는 한참 동안 곡예하듯 밤나무 숲 위를 빙빙 돌면서 우리를 공격했다.

전투기가 사라진 뒤, 몸에 나뭇가지를 꽂고 위장한 채로 남천 시내까지 약 5리 길을 뛰었다. 남천에 도착해서는 야산에 올라가 밤을 보냈다. 또다시 땅바닥에 누워 잠을 자야 했다. 자다가도 공습이 있으면 또 대피하는 게 일이었다.

황주에서 훈련받은 군인들은 세 개 부대로 나뉘어 각기 다른 길을 이용해 남쪽으로 가는 중이었다. 우리 부대에 있는 통천 출신들은 낯선 곳에 가더라도 꼭 서로 연락할 방법을 찾자고 다짐했다. 그게 가능할지는 미지수였지만, 그렇게라도 하지 않으면 불안해서 견딜 수가 없었다.

1950년 9월 5일, 삼팔선에서

삼팔선 부근 금천에 도착했다. 도착하자마자 비가 억수같이 내리기 시작했다. 우리는 또 학교로 피해 쉬고 있었다. 비 때문인지 공습은 없었다. 비가 그치자 우리는 금천 시민들이 지켜보는 가운데 남쪽으로 끝없는 행군을 계속했다.

지휘관이 그날 밤 안으로 삼팔선을 넘어야 한다고 해서 우리는 바짝 긴장했다. 얼마 가지 않아 삼팔선의 상징적 장소인 여현역을 지났다. 김일성은 그곳에서 평화 협상을 열어

조만식 선생과 이주하 등 공산당 거물을 맞교환하자고 제안했었다.

드디어 삼팔선을 넘었다. 그 앞에는 산이 가로막혀 있었다. 남쪽으로 계속 가려면 산을 타야 했다. 누군가 그 산이 송악산이라고 알려 주었다. 송악산은 산세가 무척 험했다.

황주를 떠난 지도 벌써 닷새가 지났다. 우리는 낮에는 수풀이 우거진 산속에서 자고 밤에만 올빼미처럼 행군하면서 계속해서 남쪽으로 진군 중이었다.

인민군대가 부산을 향해 진격 중이라는 소식이 전해졌다. 부산이 해방되면 전쟁은 곧 끝날 터였다. 지휘관은 우리 부대가 머지않아 남반부 청년들을 미제에서 해방시키는 숭고한 사명을 완수하게 될 것이라고 말했다.

그러나 불안한 마음은 여전했다. 이렇게 행군만 하다 지쳐 쓰러질 수도 있고, 전투기의 폭격 한 방에 목숨이 날아갈 수도 있는 일이었다. 산속에서 쉴 때마다 고향 생각이 나면 아무도 몰래 눈물을 훔치기도 했다. 문득문득 영분이 얼굴도 떠올랐다.

'영분이도 나를 특별하게 생각한 게 틀림없어. 그러니까 아무 말도 못했던 거야. 아무렇지도 않은 사이면 편하게 말했

을 텐데. 영분이도 나처럼 그냥 먹먹했던 거야.'

영분이를 생각하면 피곤해서 쓰러질 것 같다가도 새로운 힘이 솟았다.

9월 7일 새벽, 임진강 근처 장단에 도착했다. 장단에서는 민가에 분산해 묵었다. 거기서는 민주여성동맹 단원들이 우리 부대원들을 열렬히 환영해 주었다. 그 단체는 여맹이라고도 불렸는데, 내가 알기로 그때 조선에서는 가장 큰 여성 단체였다.

여맹 단원들은 우리에게 하루빨리 이승만 도당을 물리치고 남반부를 해방시켜 조국 통일을 완수하자고 말했다. 오랜 행군을 한 탓에 지쳐 있던 나는 민가에서 쉬면서 그들의 환영을 받는 게 너무 좋았다.

꿈만 같던 휴식 시간은 금방 지나갔다. 또다시 행군이 시작되었다. 험난한 산길을 지나 개성 시내에 들어섰다. 개성은 쥐죽은 듯 고요했다. 이윽고 밤이 되었다. 가까운 곳에서 조명탄이 타올랐고 총소리도 들렸다. 이제 정말 전쟁터 깊숙이 들어왔다는 생각이 들어 두려웠다.

1950년 9월 8일, 서울을 향해

다시 행군을 시작해서 파주에 도착했다. 파주에서도 민가에 분산해 쉬면서 여맹 단원들의 환영을 받았다. 그동안 남반부 인민들이 얼마나 고통을 당했길래 이렇게 인민군대를 환대하는 걸까 하는 생각에 괜히 우쭐한 기분이 들었다. 나는 인민군대가 가는 곳마다 그런 대우를 받을 거라고 생각했다.

9월 9일, 고양군 벽제에 도착했다. 절간 같은 건물이 많았다. 누군가 여기가 임진왜란의 격전지라며 관심을 보였다. 오늘 밤에는 서울에 도착할 거란 이야기에 부대원들이 드디어 행군의 끝이 다가오고 있구나 하면서 환성을 질렀다.

그날 밤 부산이 완전히 해방되었다고 했다. 드디어 우리 공화국이 과업을 완수한 것이었다. 다들 곧 전쟁이 끝날 거라고 생각했다. 종전과 더불어 불쌍한 남반부 인민들을 위해 할 일을 생각하니 가슴이 부풀었다. 여기저기 심심치 않게 보이는 인민군들의 모습을 보면서 나는 공화국의 승리와 남반부 해방을 거의 확실시했다.

벽제를 출발해 서울을 향해 걸었다. 곳곳에 부산 해방이라는 삐라가 흩어져 있었다. 어린 학생들이 인민공화국 국기를 들고 길가에 서서 인민군가를 부르며 우리 부대를 환영했다. 그 아이들이 인민해방군 만세를 부르면 부대원들도 같이 만세를 불렀다.

민주여성동맹

1945년 '북조선 민주여성동맹'으로 창립되었으며, 1951년 '조선 민주여성동맹'으로 개칭했다. 여성들에게 북한 노동당의 정책을 홍보하고 사회주의 사상을 선전하는 것을 목적으로 한다. 여성들을 정치 조직화하고 동원하는 기능을 담당하고 있다.

- 한국민족문화대백과사전(http://encykorea.aks.ac.kr), 위키피디아(https://ko.wikipedia.org) 참고

텅 빈 서울

1950년 9월 10일, 사라진 남반부 인민들

자정 즈음 홍제동 고개를 넘어 드디어 서울에 들어섰다. 서울은 불빛 하나 없는 적막한 도시였다. 금화국민학교에서 서울에서의 첫 밤을 맞았다. 교실 바닥에 누워 잠을 청했다. 종규가 조용조용 말했다.

"뭔가 이상하지 않냐? 파주 같은 데는 여맹 단원이다 뭐다 우릴 환영해 주는 사람이 많았잖아. 남조선이 해방돼서 그런 거 아니었어? 그런데 정작 서울은 왜 텅 비어 있을까?"

나도 그런 궁금증을 가지고 있던 터라 종규에게 작은 소리로 말했다.

"나도 그 생각하고 있었어. 서울에 오면 열렬한 환영 인파가 있을 줄 알았는데 너무 조용해."

환영해 주는 사람은커녕 또 교실 바닥에서 자야 하는 것도 사뭇 이상했다.

"이건 뭐 남반부 청년이 있어야 교화를 시키든지 말든지 할 텐데. 개미 새끼 한 마리도 안 보이다니. 나 원, 참."

"부산까지 해방됐다는데……. 사람들이 다 어디로 간 걸까?"

종규와 나는 의문을 가득 안고 잠을 청했다.

이튿날 다른 교실들을 돌아보며 혹시나 하고 형과 고향 친구들을 찾아보았지만 만날 수가 없었다. 다행히 고저항 근처에 살던 후배 두세 명을 만나 서로 안부를 주고받았다.

이윽고 학교 옆으로 난 좁은 길을 따라 이동하기 시작했다. 아현동 고개를 넘으니 판잣집들이 쭉 늘어서 있는 게 보였다. 순간 저런 집에서 남반부 인민들이 고생을 했구나 하는 생각이 들었다. 얼른 그들을 돕고 싶은 마음에 걸음이 빨라졌다.

고개를 넘어서 간 곳은 커다란 강당이 있는 학교였다. 이화여자대학교라고 했다. 커다란 극장 같은 강당으로 들어갔다. 거기서 낮을 보내고 밤이 되었는데 경비가 삼엄했다. 서울이라는 곳에 호기심이 많았는데 절대 밖으로 나갈 수가 없었다.

"여기서 남반부 인민들을 교화시키는 걸까?"

"그런데 우리가 교화시키려면 무슨 책이라도 있어야 하지 않나?"

"준비해 주겠지. 김일성 사상부터 차근차근. 그나저나 내가 그걸 잘 설명할 수 있을까?"

형이라면 정말 잘 할 수 있을 거라는 생각이 들었다.

9월 12일, 우리에게 소총이 지급되었다.

"남반부 청년들을 교화시키는 데 총이 왜 필요하지?"

"무슨 소리야? 우리는 인민군대 군인이잖아. 군인이 총이 없으면 어떡하냐?"

종규는 자신이 이제야말로 총을 가진 제대로 된 인민군이 되었다며 좋아했다. 소총은 38식, 99식, 체코제 등 각양각색이었는데 구리스가 범벅이 되어 모두 그걸 닦아내느라 진땀을 뺐다. 그래도 총을 가지니 안심은 되었다.

그런데 이튿날 총을 모두 수거해 갔다. 그 후에 총신이 짧은 아식보총이라는 러시아제 총을 주었는데 그 역시 구리스를 닦아내느라 법석을 떨어야 했다. 곧 이동하라는 명령이 떨어졌다.

새롭게 부대가 편성되었다. 소대장이 새로 왔고 분대장은 기존에 있던 분대원들 중에서 뽑았다. 대학생이었다는 소대장은 작은 별 하나가 그려진 계급장을 달고 있었다. 저녁에는 신품 미제 담요가 지급되었다. 나는 내무성 군대 제111연대 제1대대 제3중대 제1소대에 배속되었다.

주위를 둘러보니 어디서 그토록 많은 사람이 모였는지 군인들만 칠백 명은 족히 되어 보였다. 혹시 형을 만날 수 있을까 싶어 나는 계속 두리번거렸다.

이동 명령을 받긴 했지만 하루 종일 이화여대 강당과 그 옆에 있는 수풀을 오가며 숨었다 나왔다 했다. 무작정 기다리는 게 또 지루했다. 행동은 엄격하게 통제되어 포로나 다름없이 느껴질 때도 있었다.

1950년 9월 15일, 서쪽에서의 전투

그날 밤 서쪽에서 우리는 이상한 불빛을 보았다. 멀리 지평선에 낮게 퍼져 있는 구름 같은 산들 위에 달빛보디 더 밝은 빛이 떠올랐다 스러지곤 했다. 그 불빛이 신기해서 다들 구경하느라 야단이었다.

"저게 뭘까? 전투기는 아닌 것 같은데."

"쌕쌔기도 아니지?"

"쌕쌔기가 공격을 받고 하늘에서 타는 건가?"

"그런 불빛과는 달라. 달처럼 환하게 비쳤다가 점점 없어지잖아. 그것도 계속해서 이어지는데 저게 뭘까?"

그때 지휘관이 우리에게 빨리 들어가라고 명령했다. 강당으로 들어와서도 그 불빛의 근원에 대해 모두 왈가왈부했다. 그때 평양에서 합류한 나이가 많은 사람이 조용히 말했다.

"저건 조명탄이야. 아마 서쪽에서 큰 전투가 벌어지고 있는 거 같아."

"부산까지 다 해방시켰다면서요?"

"나중에 봐야 알지. 제공권을 빼앗겼는데 장담할 수 없어."

나중에야 그 불빛이 인천상륙작전의 치열한 전투를 나타내는 것이었음을 알게 되었다.

9월 18일, 우리는 러시아제 총을 반납하고 다시 장총을 지급받았다. 장총은 내 키보다도 더 길어서 그야말로 내 발뒤축에 질질 끌렸다. 무게도 대단해서 들고만 있어도 기운이 달렸다. 구리스를 다 닦고 나니 실탄과 탄띠 그리고 수류탄이 두

개씩 지급되었다.

수류탄과 탄띠까지 받고 보니 점점 더 긴장감이 들었다. 손바닥만 한 크기의 건빵도 지급받았는데 어떤 것은 푸르스름하게 곰팡이가 끼어 있었다. 하지만 비상식량이라 잘 보관해야 한다고 강조했다. 마지막으로 농구화를 한 켤레씩 받았다. 처음 신어 보는 운동화였다. 발에 꼭 맞지는 않았지만 그동안 맨발이나 다름없이 수천 리를 걸었기 때문에 새 신발을 받는 것 자체가 좋았다.

지휘부는 곧 출발할 것처럼 서둘러 비상식량까지 주더니 배급을 마치고 나서는 강당 건물 앞 나무 밑에서 그대로 잠을 자게 했다.

1950년 9월 19일, 다시 북쪽으로

드디어 지휘관이 모두에게 말했다.

"동무들은 이제 전선으로 이동한다. 모두 용맹스러운 인민군대라는 걸 명심해라."

종규가 속삭였다.

"그것 봐, 전선이라잖아. 우리도 전쟁터로 가는 게 맞아."

나는 바싹 긴장이 되어 종규에게 다짐하듯 말했다.

"이제부터 우리 몸조심하자."

종규도 나를 마주 보고 눈으로 말했다. 그런데 우리가 가는 방향은 남쪽으로 내려가는 게 아니라 서북쪽으로 다시 올라가고 있었다.

"전선으로 간다면서 왜 북쪽이지?"

의심이 들었지만 지휘관에게 물을 수는 없는 노릇이었다.

서울을 떠나 수색을 거쳐 고양군 송포면에 도착했다. 며칠 전 우리가 내려올 때 거쳐온 곳이었다. 우리 부대는 이름도 모르는 아주 작은 학교로 들어갔다. 그러고는 하루 종일 옴짝달싹도 못한 채 교실 안에 있었다.

잠자리 비행기 때문이었다. 잠자리 비행기라고 부르는 작은 전투기는 L-19기였는데, 때때로 저공으로 날아다녔다. 멀리서 보면 정말 잠자리처럼 보였다. 비행기를 구경한다고 밖에 나가는 사람은 이제 없었다. 그저 폭격이 겁날 뿐이었다.

"미제 놈들 비행기는 기름도 떨어지지 않나 봐."

L-19기는 계속 날아다녔다. 어떤 때는 학교 지붕에 부딪힐 것처럼 낮게 날기도 했다. 언제 폭탄을 쏟아 부을지 몰라 학교에 있는 게 너무나 불안했다. 점심도 굶고 교실에만 있었

다. 밤이 되어서야 저녁을 먹고 한강변에 우뚝 솟은 산으로 올라갔다. 나무가 한 그루도 없는 벌거숭이 산이었다.

계속해서 행군만 하다가 처음으로 작전 지시를 받았다. 모두 벌거숭이 산에 참호를 파고 몸을 숨긴 채 명령을 기다렸다.

"동무들, 동무들은 이곳을 지키다가 적군이 강을 건너오면 싸워 물리쳐야 한다. 모두 잠복하면서 눈을 똑바로 뜨고 적군이 강을 건너오면 보고하고 사생결단 정신으로 싸워라."

드디어 우리에게 첫 번째 임무가 주어진 것이었다.

"부산까지 해방시켰다면서 여기에 적군이 있는 건 또 뭐지?"

내 옆에 있는 나이 많은 사람이 혼잣말처럼 중얼거렸다. 그 옆에 있던 다른 부대원이 말했다.

"유엔군이 인천상륙작전을 해서 지금 우리 편이 쫓기고 있는 거요."

"인민군대가 쫓겨요?"

"쉿! 조용히 해요."

도대체 무슨 영문인지 알 수가 없었다. 부산이 해방되었으면 전쟁이 끝나야 하지 않는가. 어떻게 적이 아직까지도 한강변에 있단 말인가.

나는 눈을 부릅뜨고 강물을 응시했다. 달이 구름 사이로 들어갔다 나왔다 하면서 어둠이 걷혔다가 다시 어두워지기를 반복했다.

진짜 적이 나타나면 어떻게 해야 할까. 먼저 공격해야 할까, 아니면 적이 공격해 올 때까지 기다렸다가 반격을 해야 할까. 사람을 죽인다는 건 한 번도 생각해 본 적이 없었지만, 전쟁터에서는 적을 죽이지 않으면 내가 죽게 된다. 남반부 인민들을 교화시키는 일은 죽고 죽이는 일이 아니어서 다행이라고 생각했는데, 이렇게 전장의 한가운데 있게 되다니. 내 몸의 온 털이 쭈뼛 곤두서는 걸 느꼈다.

집중하고 강을 살피는데 뭔가 움직였다. 너무 긴장해서 하마터면 방아쇠를 당길 뻔했다. 움직이는 물체가 사람이 아니었으면 하고 바랐다. 자세히 보니 한강변을 따라 한 줄로 움직이는 것이 가물가물 보였다. 적군이 우리와 반대쪽으로 가고 있었다. 강을 건너 우리 쪽으로 오는 게 아니라 반대쪽으로 사라지는 것 같았다. 안도의 숨을 내쉬었다.

강을 지키는데 아무리 눈을 뜨려고 해도 졸려서 참을 수가 없었다. 교대를 하고 잠깐 눈을 붙이는데 포탄이 터지는 소리가 들렸다. 깜짝 놀라 얼른 장전을 하고 눈을 부릅떴다.

"적이야? 적이 나타났어?"

옆에 있던 부대원이 졸다가 화들짝 놀랐다.

"응? 적? 적이 나타났다고?"

그때 강 건너에서 또다시 포탄 터지는 소리가 들렸다. 그제야 둘 다 멋쩍게 웃었다. 하마터면 아무한테나 총을 쏴 버릴 만큼 우리는 너무 긴장해 있었다. 멀리 강 건너에서 검은 연기가 치솟고 총소리가 계속해서 들렸다. 큰 전투가 벌어진 것 같았다.

"이쪽으로 포탄이 날아오면 어쩌지?"

참호에 있던 다른 부대원이 커다란 눈을 더 크게 뜨고 물었다.

"도망쳐야지. 이깟 총으로 포탄을 막을 수는 없잖아."

내 임무는 강을 건너는 적군을 막는 것이었다. 인민군대가 부산까지 내려가 남조선을 해방시켰다는 것은 거짓말이 분명했다. 잠시 강 건너 불구경하듯 멀리서 포탄이 터지는 광경을 지켜보며 조금은 안도하고 있었다.

갑자기 머리 위에서 전투기 소리가 들렸다. 전투기에시 곧바로 우리를 향해 기총 사격을 퍼부었다. 나는 나무 뒤에 숨었다. 바로 내 앞에 뭔가 떨어졌다. 요란한 소리가 들렸다. 나는 정신을 잃었다.

인천상륙작전

1950년 9월 15일, 맥아더 장군이 북한의 남침 이후 인천 지역에 대한 작전을 통해 북한군의 병참선과 배후를 공격하여 전쟁을 반전시킨 상륙작전이다. 이 작전의 성공으로 유엔군과 국군은 수도 서울을 탈환했다. 서울 수복은 북한군의 사기를 결정적으로 떨어뜨린 계기로 평가된다.

전투

1950년 9월 20일, 피투성이 병사

얼마나 지났는지 누가 나를 툭툭 건드렸다. 날이 환하게 밝아 있었다.

"야! 이봐, 동무!"

그제야 눈을 떴다. 부대원들이 나를 내려다보고 있었다.

"포, 포탄이…… 내 앞에서……."

"우린 모두 무사하다. 어서 마을로 내려가! 이런 형편없는 겁쟁이 같으니."

중대장이 나를 향해 호통을 쳤다. 내가 포탄인 줄 알았던 소리는 우리 쪽에서 쏜 대공포 소리였다고 했다.

마을에는 전투에서 부상을 당했다는 인민군이 피투성이가

된 채 누워 있었다. 부상병을 보니 가슴이 덜덜 떨렸다. 그 인민군은 고참이었는데 손에 따발총이 들려 있었고 어깨에 총상을 입은 상태였다.

소대장과 중대장, 특무대장이 달려와 부상병을 살피며 수군거렸다. 나는 그들이 나누는 대화를 통해 전쟁이 어떻게 돌아가고 있는지를 알게 되었다. 어젯밤 내가 산에서 강을 지킬 때 제1중대가 강을 건너 김포 비행장을 향해 전진했다. 줄을 지어 우리와 반대쪽으로 가던 군인들은 적군이 아니라 우리 부대 공격조 제1중대였던 것이다.

작전 목표는 김포 비행장을 기습하여 전투기를 비롯한 장비와 시설들을 파괴하는 것이었다. 제1중대는 한강을 무사히 건너 들판을 지나 산모퉁이를 돌았다. 그러나 작은 고개를 넘어 바로 김포 비행장 근처에 도착했을 때 갑자기 신호탄과 함께 적군이 포탄을 퍼부어댔다.

제1중대는 전열을 가다듬기도 전에 몰살을 당했다. 부상을 당한 고참병은 수류탄을 던지며 버티다 쓰러졌고, 간신히 정신이 들어 한강변으로 기어 나왔다.

그것 말고도 나는 중대장이 하는 말을 똑똑히 들었다. 현재까지 일곱 명이 살아 돌아왔으나 그 중 두 명만 무사하고 나머지 다섯 명은 목숨이 위태로운 상태였다. 그 이야길 듣자 내 목숨 역시 경각에 달렸다는 생각이 들었다. 온몸이 뻣뻣해지며 갑자기 두려웠다. 어젯밤 느낀 것과는 또 다른 차원의 공포였다.

나는 그날에서야 적군이 김포 비행장을 차지하고 있고, 인천에 유엔군이 상륙하여 북쪽으로 진격해 오고 있다는 놀라운 사실을 알게 되었다. 우리 부대의 임무는 서울 북부를 사수하는 것이며, 서울이 적의 수중에 들어가지 않도록 사생결단을 해야 한다는 것도 알게 되었다.

피투성이가 된 부상병의 모습이 눈앞에 어른거릴 때마다 적개심이 두려움을 이겨냈다. 전쟁터에서는 용감하게 싸우는 게 군인의 본분이라는 생각으로 두려운 마음을 다잡았다.

1950년 9월 21일, 전투 태세

우리 부대는 고양군 중면 일산리로 이동했다. 일산에는 인민군이 아주 많았다. 밤거리를 걸어가는데 곳곳에 인민군이 길거리에 누워 쉬고 있었다. 대부분 붉은 테두리 견장을 달고 있어 보위성 부대라는 걸 알 수 있었다. 우리 부대는 주인 없는 민가에 들어가서 잤다.

이튿날 아침부터 피아노 소리에 잠을 깼는데 가만히 들어보니 일본의 국가인 기미가요였다.

"어떤 미친놈이 쪽발이 곡을 연주하는 거야?"

우락부락하게 생긴 고참이 소리쳤다.

'도대체 누가 전쟁터에서 한가하게 이미 망해버린 나라의 지긋지긋한 국가를 연주하는 걸까?'

나도 화가 나서 단단히 혼내 주려고 피아노 소리가 나는 곳으로 갔다. 방문을 사정없이 화들짝 열었는데 괘종시계 하나가 벽에 덩그러니 걸려 있었다. 알고 보니 그것은 시계에서 나는 소리였던 것이다.

나도 모르게 괘종시계를 내려 바닥에 패대기쳤다. 시계가 무슨 죄가 있을까. 그만큼 내 정신은 피폐해져 있었다. 스스로 아무렇지도 않게 그런 돌발 행동을 할 만큼 말이다. 나는 금세 머쓱해졌다.

하루 종일 적군의 정찰기들의 우리 머리 위를 날아다녔다. 정찰기들이 한 바퀴 돌고 나면 바로 뒤이어 전투기들이 떠서 기총 사격을 해댔다. 포성도 이따금 들려왔다. 우리 부대는 낮에는 쥐죽은 듯 숨어 있다가 어두워진 후에 구릉 지대에 포진했다. 어린 소나무가 듬성듬성 있어서 그나마 몸을 숨길 수 있는 곳이었다.

새벽이 되니 너무 추웠다. 게다가 안개가 가득 끼어 한 치 앞도 보이지 않았다. 어디선가 적이 불쑥 나타날 것만 같았다. 해가 떠오르니 안개가 서서히 걷히기 시작했다. 그때 차 소리가 들렸다. 희끄무레한 물체가 움직이는 게 보였다. 시야가 트이자 우리 앞에 있는 신작로로 적군의 탱크가 나타났다.

"탱크다!"

"모두 전투 태세!"

중대장이 소리쳤다. 모두 숨을 죽였다. 탱크 뒤에 두 줄로 대오를 이룬 군인들이 보였다. 너무 가까운 거리였다. 점점 더 가까워졌다. 미제 놈들이었다. 적은 바로 앞에 있었다. 가슴이 점점 졸아들었다. 명령이 떨어지면 공격해야 했다. 사령부에서 신호탄을 쏘면 그게 바로 공격 명령이었다. 내 숨소리에 내가 놀랄 정도로 긴장의 연속이었다.

바로 그때 신호탄이 발사되었다. 사격 명령이었다. 우리 부대에는 대공 기관총 두 문과 막심중기관총(이동용 바퀴 두 개가 달려 있으며 현대식 기관총의 조상으로 부른다) 두 문이 있었다. 높은 지대에서 그 기관총들이 무지막지하게 불을 뿜기 시작했다. 우리도 일제히 방아쇠를 당겼다.

미군들도 곧 우리를 발견하고는 소리를 지르며 공격해 왔다. 이제 적을 죽이든지, 적에게 죽임을 당하든지 둘 중 하나였다. 탱크가 우리 쪽으로 오며 계속 포를 쏘았다. 그런데 포탄이 아슬아슬하게 우리 뒤에 떨어졌다. 거리가 너무 가까운 탓인 것 같았다. 기관총과 소총의 총알들이 머리 위로 휙휙 날아갔다. 바로 내 앞에서 적의 총알이 먼지를 일으키며 땅에 박히기도 했다. 미군들은 논바닥에 엎드려서 총만 쏘아댈 뿐 움직임이 없었다. 우리도 기계처럼 무작정 총만 쏘았다.

그때 탱크가 갑자기 후퇴했다. 안심하는 순간 탱크에서 다시 포탄이 날아왔다. 거리가 맞지 않아 후진했다가 다시 사격하는 것이었다. 우리 부대의 막심중기가 탱크를 향해 불을 뿜었고 우리도 집중 사격을 계속했다. 전진하던 미군이 다시 논에 엎드렸다.

뒤이어 막심중기가 탱크 포탄을 맞고 뒤집혔다. 부사수는 즉사하고 사수는 얼굴과 어깨에 심한 부상을 입었다. 나는 너무 겁이 나서 조준도 하지 못한 채 무조건 방아쇠를 당겼다. 바로 그때였다. 언제 나타났는지 하늘에서 적의 전투기가 우리 머리에 대고 기총 사격을 퍼붓기 시작했다.

'이렇게 죽는구나.'

머릿속이 온통 그 생각으로 가득 찰 때쯤 후퇴 명령이 떨어졌다.

"부대에 복귀하지 말고 각자 일산까지 후퇴하라!"

나는 죽을힘을 다해 일산까지 뛰었다. 언제 내 앞에 포탄이 떨어질지 몰랐다. 앞서 뛰는 인민군들의 머리만 보고 무작정 달렸다. 정신이 하나도 없었다. 극한의 상황이라 그런지 숨도 차지 않고 두 다리도 허공을 나는 것 같았다. 긴박한 상황에 처하면 나도 모르게 불가사의한 힘이 작동되는 듯했다.

일산에 도착해서야 다리의 힘이 풀렸다. 어떻게 4킬로미터나 되는 먼 거리를 단숨에 달려왔는지 몰랐다. 한 번도 쉬지 않고 뛰어왔다는 사실이 믿어지지 않았다. 일산 시내 곳곳은 폭격으로 파괴되어 있었다. 화재 때문에 여기저기서 연기가 났다. 어제 우리 부대가 묵었던 집으로 뛰어들어 갔다. 먼저 와서 쉬고 있던 부대원들이 나를 보자마자 소리쳤다.

"이 자식, 살았구나. 우린 거기 있던 애들 다 죽은 줄 알았어."

우리는 반가워 서로를 얼싸안았다. 살았다는 안도감에 울음이 나왔다. 그러나 우리 부대에서도 결국 두 명이 돌아오지 못했다.

저녁이 되자 후퇴에 성공한 부대원들에게 집합 명령이 떨어졌다. 중대장이 말했다.

"동무들! 오늘 아주 용감하게 싸웠다. 아주 잘 했다."

중대장은 첫 전투를 잘 감당했다며 우리를 칭찬하고는, 곧이어 다음 명령을 내렸다.

"모두 잘 들어라. 이번 임무는 동네에 숨은 적을 소탕하는 작전이다. 모두 조심해서 완수하도록!"

우리는 명령을 받고 동네로 들어가 집집마다 수색했다. 각 집을 구석구석 뒤져 숨어 있는 장정들을 붙잡아 오는 임무였다. 그러나 집은 텅 비어 있었고 어쩌다 사람이 있어도 나이 많은 할머니나 할아버지뿐이었다.

다음날 새벽에 가까운 과수원에 들어갔다가 골방에 숨어서 치료받고 있던 적군 한 명과 장정 네다섯 명을 붙잡았다. 그들은 곧바로 후송되었다. 나는 과수원 근처에서 잠복하면서 적의 동정을 살피라는 명령을 받았다.

잠복하는 동안에는 내내 엎드려 있었다. 머리 위로 L-19기가 종일 떠다녀서 마음대로 움직일 수가 없었던 것이다. 그 자세로 하루해를 보내면서 햇볕이 내리쬐면 그대로 잠이 들었고, 포탄 소리에 놀라 잠이 깨면 멀리 동남쪽으로 펼쳐진 야트막한 산을 하염없이 바라보았다. 질펀하게 퍼진 들판에는 벼가 익어가고 있었다. 그 아래 평야에도 벼들이 물결치고 있었다.

1950년 9월 24일, 삼성당 전투

중대 전체가 새로운 작전 명령을 받았다. 우리의 목표는 삼성당이라는 곳을 기습 공격해서 점령하는 것이었다.

우리는 목표 지점의 약 5리 전방에 있는 논으로 들어가 흩어졌다. 거기서부터 천천히 전진했다. 우리 소대를 중심으로 좌우에 각각 다른 소대가 흩어져 있었다. 허리를 잔뜩 구부리고 전진해야 해서 무척 힘들었다. 그나마 논에 물이 없어서 다행이었다.

새벽 동이 틀 무렵 우리 중대는 삼성당 동네 앞 약 150미터까지 전진했다. 낮은 구릉으로 둘러싸인 동네를 삼면으로 포위하면서 조여갔다.

사격 명령이 떨어지자 우리는 일제히 총을 쏘면서 돌진했다. 무차별 사격이었다. 고요하던 작은 동네는 삽시간에 아수라장이 되어 버렸다. 민간인들이 거주하고 있었는데 기습을 당하니 동네 사람들이 산등성이로 도망쳤다. 내복 차림으로 도망치다 넘어지는 자들이 수두룩했다.

삼성당에는 남조선 국방군이 주둔하고 있었다. 공격에 나선 인민군은 곳곳을 수색해 젊은이들과 군인들을 색출했다. 그들은 옷도 제대로 입지 못한 채로 잡혀 나왔다. 동네 사람들은 우왕좌왕 피난하느라 정신이 없었다.

기습 작전은 일단 성공했다. 참호에 들어가 잠시 쉬는데 별별 생각이 다 떠올랐다.

'내가 쏜 총에 사람이 맞았으면 어떡하지? 누군가 죽었으면 어떡하지?'

나는 사람을 죽일 수도 있는 전쟁터가 싫었다. 차라리 어딘가로 증발해 버리고 싶었다.

안개 속에서 아침해가 희끄무레 떠올랐다. 한참 후에 안개가 걷히자 쨍한 햇살이 얼굴을 드러냈고, 그와 동시에 어디선가 총알이 핑핑 날아왔다. 눈부신 햇살 때문에 총탄이 어디서 오는지 확실하게 가늠할 수가 없었다. 삼성당에 있던 적군들이 도망쳤기 때문에 반격이 있을 거라 예상은 했지만, 앞을 볼 수 없는 상황에서 총알이 날아오니 무척 당황스러웠다.

움직이면 총에 맞을까 봐 엎드려서 꼼짝도 하지 못했다. 빛이 약해지면서 총알이 날아오는 곳이 보였다. 행주산성 바로 아래 있는 학교에서 총알이 발사되고 있었다. 햇볕을 받아 환하게 드러난 아군을 향해 적군은 마음 놓고 공격을 하고 있었다.

다행히 우리가 포진한 곳이 구릉 주변이었고 사방에 과일나무가 있어서 어느 정도 방어를 할 수 있었다. 그렇지 않았다면 전체 부대원이 몰살당했을 것이다.

그러나 안심도 순식간이었다. 갑자기 전투기들이 날아오고 포탄이 쏟아졌다. 땅이 뒤집히고 작은 돌멩이들이 사방으로 흩어졌다. 능곡 쪽에서 일고여덟 대의 탱크가 우리 쪽으로 공격해 오고 있었다. 보병은 한 명도 보이지 않고 탱크만 보였다.

우리는 탱크 앞에서 기가 질렸다. 빨리 도망쳐야 했다. 죽기를 각오하고 뛰어 등성이 너머로 도망쳤다. 바로 내 옆으로 총알이 핑핑 날아갔다. 몸이 휘청하는 순간 나도 모르게 쓰러졌다. 일어나서 다시 달렸다. 그런데 또 쓰러졌다. 이제 일어날 수도 없었다. 총알이 내 앞에서 뒤에서 옆에서 핑핑 날아갔다. 땅에 맞으면 풀썩풀썩 먼지를 일으켰다.

'아, 이렇게 죽는구나. 엄마, 엄마.'

포탄이 계속 떨어지고 전투기가 기총 사격을 계속했다. 귀가 먹먹했다. 소리가 들리니 죽지는 않았다는 생각이 스쳤다. 눈을 떴을 때 우리 편 막심중기가 불을 뿜는 게 보였다. 순간나는 벌떡 일어나 등성이를 향해 뛰었다. 등성이에 막 오르려는데 중대장이 권총을 빼 들고 내 앞을 가로막았다.

"왜 후퇴하는 거야! 빨리 돌아가 싸워라!"

앞에는 권총, 뒤에는 포탄이 있었다. 나를 정조준한 중대장의 권총이 무서워 다시 되돌아 뛰었다. 막심중기가 포격을받아 나뒹굴고 사수 하나가 뒤로 거꾸러지는 게 보였다. 나는다시 무작정 산밑으로 뛰었다.

조그만 창고 같은 곳이 보여 뛰어들어 갔는데, 그 안에는이미 인민군 병사 몇 명이 엉거주춤한 자세로 숨어 있었다. 그들은 마치 중대장에게 들키기라도 한 듯 어정쩡한 표정으로 나를 쳐다보았다. 모두 겁에 질려 있어 그런지 다짜고짜무기를 집었다. 그 모습에 나도 모르게 뒷걸음쳐 그곳을 빠져나왔다.

바로 앞에 수로 같은 게 보였다. 우선 몸을 숨겨야 했다. 수

로의 콘크리트 다리 밑으로 기어들어갔다. 자라처럼 목만 내밀고 사방을 살폈다. 수로 둑이 높아 동네는 보이지 않았지만 동네 쪽에서 연기가 피어올랐고 아우성치는 소리도 들렸다. 요란한 총소리가 계속 났다.

'죽음의 아수라장. 전쟁이란 이런 것이구나. 어디로 가야 살 수 있을까.'

고개를 두리번거리는데 과수원 쪽에서 검은 연기가 치솟았다. 전투기들이 집중포화를 퍼붓고 있었다. 그곳에 숨었다면 어떻게 됐을까. 생각만 해도 심장 박동이 빨라졌다. 가쁜 숨을 몰아쉬며 심호흡을 했다.

얼마 후, 전투기 편대가 돌아갔는지 주변이 조용해졌다. 수로를 기어 나와 논으로 몸을 숨겼다. 그러나 벼가 내 키보다 작아 몸을 온전히 숨길 수가 없었다. 가까이 수수밭이 보였다. 수수밭에 들어서니 몸이 전부 가려졌다.

곧이어 주위를 둘러보자 여기저기에 나처럼 몸을 숨긴 부상병들이 피투성이가 되어 나뒹굴고 있었다. 생지옥이었다. 어디로든 얼른 피하고 싶었다.

그때 어느 부상병이 피투성이가 된 손을 내저으며 내게 말했다.

"나 좀, 나 좀 데려가 줘. 내 손, 손 좀 잡아 일으켜 줘."

그는 허벅지를 관통당했는지 넓적다리 전체에 피가 홍건한 채 손만 간신히 움직이고 있었다. 차마 더 이상 볼 수가 없었다. 내 힘으로는 어쩔 수 없을 만큼 덩치가 큰 사람이었다. 그냥 못 본 체했다. 그러자 그가 나를 향해 총을 겨누며 위협했다.

"그냥 가 버리면 쏠 거야. 쏴 버릴 거야. 제발 나 좀."

그러나 나 혼자서는 어쩔 수가 없었다.

"미안해요. 얼른 가서 구해달라고 말할게요."

급히 뛰어 수수밭 안쪽으로 들어갔다. 수수밭에서 쉬는 동안 두 사람이 내가 있는 쪽으로 왔다.

"우리 부대는 어디 있어요?"

"모두 혼비백산했지. 많이 죽었어."

두 사람 다 겁에 질려 있었다.

사위가 조용해지자 지난밤 머물렀던 마을로 들어갔다. 농가는 불탔고 닭들만 이리저리 뛰어다니고 있었다. 중대 병력 절반 이상이 전사했다는 소식을 들었다. 나는 전투 중에 종규와 헤어져 걱정했는데, 종규는 운 좋게도 중대장 연락병이 되어 살아남았다.

부대원 다섯 명이 목숨을 잃었지만, 이 전투로 우리 부대는 표창을 받았다. 내가 전투를 했다는 사실이 믿어지지 않았다. 나는 도망치기 바빠 누가 죽었는지도 몰랐다. 공격 명령이 떨어지자마자 무조건 방아쇠를 당겼는데 내 총에 적군이 맞았을까? 제발 아무도 맞지 않았으면. 나는 그렇게 바라고 또 바랐다.

중대장은 2소대가 조직한 특공대 열 명이 맨몸으로 적군의 탱크를 공격하여 두 대의 탱크를 파괴했다며 그 덕분에 피해를 줄일 수 있었다고 했다. 그러나 그 특공대는 두 명만 살아 돌아왔다.

창균이의 소식이 없어 안타까웠다. 어디서 죽은 건 아닐까. 창균이도 나와 마주쳤던 부상병처럼 어디서 부상을 당해 누워있는 건 아닐까. 그 부상병을 도와주지 않아서 창균이를 잃은 것 같아 자꾸만 미안했다.

도대체 이런 전쟁을 왜 하는 걸까. 아무 잘못도 없는 사람들이 죽고 다치고 스러져 갔다. 나는 고향에도 가지 못하고, 부모님도 뵈지 못하고, 형도 만날 수 없다. 그런 생각을 하니 금세 또 눈물이 나오려고 해서 얼른 마음을 돌렸다. 아주 독

한 마음으로 미제 놈들과 국방군들을 증오해야 내가 견딜 수
있었다.

분대장이 되다

1950년 9월 25일, 신병과 추석

일산 동네에서 나와 또 야산으로 모였다. 아침해가 뜨니 멀리 한강이 보였다. 우리가 포진한 야산 아래에는 벼가 누렇게 익어 있었다. 멀리 삼성당도 보였고 그 너머에 능곡도 보였다. 오른편에는 전투기들이 소이탄(화염으로 목표물을 불살라 버리는 폭탄) 세례를 퍼부었던 과수원이 보였다. 김포 비행장 부근에는 항상 전투기가 빙빙 돌고 있었고 우리 머리 위로는 잠자리 모양의 L-19기가 쉴 새 없이 왔다갔다 했다.

사망자가 많아 중대 병력이 턱없이 부족해지자 신병이 투입되었다. 신병이라지만 새로 온 병사는 서른이 넘은 장정들이었다. 그 중엔 마흔이 넘은 아저씨도 있었다. 주로 평안도에서 온 사람들이었다.

중대는 소대로, 소대는 다시 분대로 나뉘는데, 분대마다 반장 역할을 하는 분대장이 있었다. 분대장은 나와 함께 교도대에서 훈련을 받았던 사람 중에서 임명되었다. 나도 분대장이 되었다.

우리 분대에는 신병이 많았는데, 그들은 나이만 많을 뿐 소총도 제대로 다룰 줄 몰랐다. 훈련을 받았냐고 물었더니 총 쏘는 법만 간단히 배우고 투입되었다고 했다. 저런 형편없는 신병들을 이끌고 무슨 전투를 할 수 있을까. 분대장이 되니 마음만 더 부담스러웠다.

신병들은 교대로 보초를 서고 쉴 수 있었지만, 나는 분대장이었기 때문에 따로 쉬는 시간을 가질 수 없었다. 호를 파놓은 곳에서 겨우 눈을 붙이려고 하면 정적을 깨뜨리는 포성과 포탄이 날아가는 기분 나쁜 금속성 소리가 났다. 어딘가에 또 폭탄이 터져 사람이 죽어가고 땅이 뒤집힌다는 생각을 하면 창균이의 얼굴이 떠올랐다. 하루빨리 전쟁이 끝났으면 싶었다.

추석이 다가온다고 했다. 추석이라는 말에 부모님과 누나와 형이 몹시 보고 싶었다. 형은 도대체 어디쯤 있을까. 살아 있을까, 죽었을까.

추석날에도 아침저녁으로 주먹밥을 받았다. 중대장이 추석날을 그냥 보낼 수 없다며 부대원 몇 명을 동네로 보냈다. 그들은 산 아래 집에서 닭을 잡아 삶아서 가지고 왔다. 채 익지 않은 떫은 감도 한 바구니 따 왔다.

산 아래에는 집이 네 채 있었는데 사람은 한 명도 없었다고 했다. 분명 어딘가로 피난을 떠났거나 죽었을 것이다. 우리는 그 누군가가 기른 닭으로 몸보신을 할 수 있었다. 닭고기는 그야말로 최고의 특식이었다.

그날 저녁 우리는 또 적의 표적이 되었다. 산을 오르다가 적의 정찰기에 발견된 것이었다. 우리는 사방으로 흩어져 숨었다가 밤이 되어서야 다시 모였는데 한 명이 보이지 않았다.

다들 신병 하나가 희생되었다고 생각했는데, 나중에 보니 그는 참호에 꼼짝도 않고 엎드려 있었다. 죽은 줄 알고 가까이 다가가 툭 건드렸더니 그가 깜짝 놀라 일어났다. 바로 앞에서 포탄이 터져 잠시 기절했던 것이다. 그 신병을 보니 첫 전투에서의 내 모습이 떠올랐다.

1950년 10월 3일, 후퇴

우리는 일산을 떠나 다시 북쪽으로 행군했다. 우리가 행군하는 길가에는 보위성 군대가 쫙 깔려 있었다. 문산에서 하루를 쉬고 그 이튿날 새벽 개성에 도착했다.

10월 7일, 개풍군 영정포에 도착해 또 하루를 참호에서 보냈다. 서해 바다인지 한강인지 알 수 없는 시퍼런 물 너머로 강화도의 마니산이 보였다. 중대장은 적이 상륙하여 쳐들어올지 모른다며 잘 경계하라고 했다. 영정포에는 개인 참호는 물론이고, 참호들을 연결하며 물자를 나를 수 있도록 좁고 기다랗게 파 놓은 교통호도 잘 만들어져 있었다.

밤이 되자 다시 후퇴한다고 했다. 인민군대는 확실히 적에게 밀리고 있었다. 부산 해방이 거짓말이라는 건 진즉 알았지만 이렇게까지 열세인 줄은 예상 밖이었다. 다시 여현을 지나 이틀 후 송악산에 올라갔다. 말로만 듣던 송악산 주봉에 올라가며 우리는 놀라지 않을 수 없었다.

산속에 도로가 완벽하게 구축되어 있었다. 언제부터 전쟁 준비를 했는지 대형 참호며 방공호 등을 공들여 만들어 놓은 모습이 눈에 들어왔다. 황주에서 훈련을 받을 때 고참병들이 송악산에서 군 생활을 한 걸 자랑스럽게 말하곤 했는데, 이래서 자랑을 했구나 싶었다.

10월 9일 밤, 송악산 주봉에 올라가 개성 시내를 내려다보았다. 우리는 두 가지 사실에 놀랐다. 하나는 우리가 올라온 북쪽으로는 수풀이 우거져 있는데, 개성 쪽으로는 나무 하나 볼 수 없는 민둥산이라는 점이었다. 일부러 개성 시내를 관망하느라 나무를 다 베었다고 했다.

또 하나는 저 멀리 서울 방향으로 차량들의 헤드라이트 빛이 줄을 잇고 있는 사실이었다. 그 불빛은 바로 개성으로 진군하는 유엔군과 국방군이었다. 적군은 우리를 바짝 뒤쫓고 있었던 것이다.

1950년 10월 10일, 송악산 전투

먼동이 틀 무렵, 3중대가 송악산 주봉 맨 꼭대기 아래 진을 쳤고, 그 아래 2중대가, 맨 아래쪽에 우리 중대가 각각 포진했다. 보위성 107연대와 27연대의 모습도 보였다. 병사들은 적군을 향해 총을 겨눈 자세로 총공격 명령을 기다렸다.

갑자기 꼭대기 아래 있던 3중대 쪽에서 콩 튀듯 총성이 울렸다. 따꿍! 따꿍! 하는 소리와 함께 공격 명령이 떨어졌다. 급히 방아쇠를 당기는데 내 옆에 있던 병사가 픽 쓰러졌다. 그는 황주에 있을 때 나와 같은 소대에서 훈련을 받던, 평양 기량리에서 온 학생이었다.

그 학생의 가슴에서 선혈이 뿜어져 나왔다. 나는 급히 그를 안고 대형 참호로 뛰어들었다. 그러나 그 학생은 어느새 숨이 멎어 있었다. 나는 제정신이 아니었다. 이미 숨이 멎은 그를 내려 놓고 반사적으로 참호로 뛰었다. 총알이 핑핑 날아왔다. 적의 기습이었다. 이제 정말 끝이라는 생각이 들었다.

전투 개시 순간부터 많은 사상자가 생겼다. 송악산 바로 밑에 있는 학교 운동장에 몰려든 적병들이 산 위로 전진하며 참호를 하나하나 부수었고, 전투기들은 고지를 쑥밭으로 만들고 있었다. 우리 소대의 참호에도 포탄이 떨어지기 시작했다.

분대원을 인솔하던 내 앞에서 기관총이 먼지를 일으키며 불을 뿜어댔다. 소대장은 우리에게 고지로 올라가 3중대를 지원하라고 했다. 가장 용감한 중대라던 3중대는 전투가 시작되고 얼마 지나지 않아 중요한 고지를 지키지 못한 채 궤멸 직전이었다.

국방군은 산에 널려 있는 검은 바위들과 색깔이 같은 거무

스름한 군복을 입고 있었다. 그런 까닭에 적군이 코앞까지 왔는데도 눈에 잘 띄지 않아 기습을 당한 것이었다. 국방군은 파죽지세로 밀고 올라와 3중대가 지키던 고지를 점령하고는 아래쪽에 포진한 인민군을 향해 사격하기 시작했다. 불과 두어 시간 만에 송악산 주봉은 완전히 국방군 차지가 되어 버렸다.

나는 분대원들에게 각자 후퇴하라고 명령했다. 그러고는 죽음을 각오하고 있는 힘을 다해 뛰었다. 저쪽에 있는 숲까지만 뛰어가면 살 수 있을 것 같았다.

숲속에 도착해서 안도의 숨을 내쉬는 순간 바로 내 앞에서 포탄이 터졌다. 잠시 귀가 먹먹했지만 정신은 잃지 않았다. 나는 포연을 뚫고 다시 산 위쪽으로 뛰었다. 위로 올라갈수록 나처럼 넋이 나간 채 뛰고 있는 송악산 전투의 패잔병들이 많이 보였다. 그들과 함께 뛰어가는데 무리를 지어 가는 탓에 폭격기에 노출되었다. 곧바로 소이탄이 쏟아져 내렸다. 나는 다시 골짜기로 뛰어내려가 겨우 몸을 숨겼다.

동료가 죽고 아수라장인데도 배가 고팠다. 하루 종일 굶은 채 뛰어다녔으니 배가 고픈 건 당연했지만, 그 사실이 시글펐다. 긴장이 풀리자 그대로 눈이 감겼다. 아무것도 생각할 여유가 없었다. 그냥 죽지 않고 살아 있다는 사실만 알아차릴 뿐이었다.

패잔병들은 어두워진 다음에야 큰 길가에 집결했다. 나는 종규부터 찾았으나 끝내 보이지 않았다. 사망자가 얼마나 되는지 알 수도 없었다. 우리 분대의 생존자는 두 명뿐이었다.

한밤중에 우리 대대와 보위성 연대의 패잔병들이 모인 혼성 부대가 생겼다. 패잔병들은 다시 전열을 가다듬어 맞은편 산으로 올라갔다. 산 위에서 보니 멀리 서쪽 금촌으로 가는 도로를 따라 전투가 벌어지고 있었다. 전투 때문에 조명탄이 발사되고 포탄이 터져 한밤중인데도 낮처럼 환했다.

그날 밤 혼성 부대는 북쪽으로 난 길을 따라 울창하게 우거진 숲속으로 들어갔다. 그렇게 울창한 숲은 태어나서 처음이었다. 어떤 곳은 하늘도 볼 수 없었는데 그런 산속에 누군가 길을 닦아 놓았던 것이다. 그 길은 전쟁 전 삼팔선 분쟁이 자주 일어날 때 인민군대가 비밀리에 만든 통로라고 했다. 이런 곳에서 낙오되면 십중팔구 짐승의 밥이 될 게 뻔했다.

우리는 여전히 적군의 포위망 속에 있었다. 적군의 수색대가 언제 어디서 나타날지 모를 일이었다. 최대한 빨리 도망쳐야 했다. 길은 돌아갈 수도 질러갈 수도 없는 외길이었다. 기

력이 다하다 못해 거의 탈진한 상태에서도 우리는 거의 뛰다
시피 행군을 했다.

1950년 10월 11일, 패잔병들

새벽에 관음사라는 간판이 붙어 있는 절에 도착했다. 절에
서 밥을 먹고 또 행군을 계속했다. 오후부터 비가 내리기 시
작했다. 찬 기운이 감도는 가을비를 맞으며 산길을 걸어가는
패잔병들의 모습은 내가 봐도 군인이라는 생각이 들지 않았
다. 허기와 피로가 겹쳐 금방 쓰러질 것 같았다. 몸에서는 진
땀이 배어 나오고 옷은 비에 젖어 안팎으로 후줄근했다.

너무 배가 고파 길가에 심어 놓은 옥수수를 따서 맛도 모
르고 씹었다. 어디에 가든지 휴식 명령이 떨어지면 진창이든
마른자리든 가리지 않고 그대로 쓰러져 잤다. 밤낮없이 날마
다 거의 산길로만 걷고 또 걸었다.

어쩌다 넓은 길로 걷다가 유엔군 탱크에 들키기 일보 직전
에 숨을 돌릴 때도 있었고, 작은 폭격기의 공격도 받았다. 또
한 곳곳에 조직되어 잠복해 있는 국방군 치안대에 발각될 뻔
한 적도 여러 번이었다.

그런데도 용케 부대는 해산되지 않았다. 해산되는 날은 모두 죽는 날이라는 일념으로 뭉쳤다. 그러나 하루하루가 지날수록 병력은 점점 줄어들었다. 남은 인원은 이백여 명이었다.

쥐도 새도 모르게 탈주병이 생겼다. 발각되면 즉시 총살인데도 이탈은 계속됐다. 그들의 마음을 너무나 잘 이해할 수 있었다. 밤낮없는 행군에 지칠 대로 지친 나 역시 이 모든 것에서 탈출하고 싶었기 때문이다.

나는 쉴 때마다 부대원들을 유심히 살펴보며 고향 사람들을 찾았다. 고저 출신이 아니더라도 통천이나 원산 쪽에 살았던 사람을 만나면 무조건 친구 같은 기분이 들었다. 그렇게 만난 친구들과 은밀하게 탈주를 논의하기도 했다. 하지만 여건이 되지 않았다. 그저 고향 쪽을 지나게 되면 반드시 도망치자고 약속할 뿐이었다.

우리는 계속 동북 방향으로 가고 있었다. 행군 목표지는 태백산 쪽인 것 같았다. 시간이 지날수록 나는 고향 생각이 점점 더 간절해졌다.

모든 것이 그리웠다. 특히 재환이가 보고 싶었다. 형의 졸업장을 받으러 간 날 왜 재환이와 함께 가지 않았는지 시간이 갈수록 후회되었다. 후회를 하다가도 그것이 오히려 재환이에게는 더 잘된 일이라는 생각에 마음을 다잡았다.

'재환이는 지금 어디에 있을까?'

그 생각을 하니 다시 마음이 복잡해졌다. 재환이도 어떻게 든 동원되었을 것이 뻔했기 때문이다.

탈주병이 되다

1950년 10월 17일, 일생일대의 기회

한밤중에 우리 부대는 황해도 규천군 금탄면 수합리 116 번지 외딴집 앞에서 멈췄다. 길을 잃은 것이다. 참모장과 중대장이 집주인을 불러냈다. 이내 머리가 새하얀 노인이 나오더니 길을 알려 주기 시작했다.

노인이 장교들에게 길을 설명하는 동안 병사들은 집 근처 오솔길에 누워 쉬었다. 잔뜩 흐린 날씨 탓인지 하늘에는 별이 하나도 보이지 않았다. 나는 집 앞 길가에 흐르는 샘물을 마시며 두리번거렸다. 노인과 장교들의 대화가 들렸다.

"시변리는 유엔군 집결지에요. 지금 이 고개를 그대로 넘어가면 바로 시변리로 가게 됩니다."

"그 길 말고 동북으로 가는 다른 길이 있습니까?"

"지금 지나온 아래 동네 수원리에서 동북으로 난 우마차 길이 있어요. 그 길을 따라가면 이천이 멀지 않은데, 이천을 지나려면 날이 밝기 전에 빨리 가야 합니다. 나무들이 없는 밋밋한 야산 지대라 부대가 숨을 만한 곳이 없어요. 그 지대를 빨리 벗어나야 안전할 겁니다."

그 순간 탈출은 이때다 싶었다. 장교들은 노인과 대화를 나누며 길을 가늠하느라 병사들을 전혀 신경쓰지 않았고, 오솔길 여기저기 흩어져 있는 병사들은 각자 쉬는 데 여념이 없었다. 그리고 별빛 하나 없는 어둠이 사위를 에워싸고 있었다.

나는 살금살금 반대쪽 밭으로 기어갔다. 밭 한가운데 지푸라기 더미가 묶여 세워져 있었다. 나는 그 옆에 엎드려 부대가 떠나기만을 기다렸다. 긴장과 초조함과 공포 때문에 심장이 쿵쿵 뛰었다. 심장 뛰는 소리가 밖으로 새어 나오는 것 같았다.

얼마나 지났을까. 갑자기 '행군 준비!'를 외치는 큰 소리가 들렸다. 곧 잠든 사람들을 깨우는 소리도 들렸다. 그 소리에 가슴이 더 크게 두방망이질했다.

'내가 과연 탈주에 성공해서 집에 무사히 갈 수 있을까? 잡히면 어떡하지? 아니야. 행군만 하다가 적에게 몰살당하느니 고향에 돌아갈 시도라도 해 보는 게 나아.'

잠시 갈등했지만, 그대로 엎드려 있기로 했다. 두려움보다 가족들과 재환이와 영분이를 보고 싶은 그리움이 더 컸다. 나는 다시 눈을 감고 귀를 막았다.

"모두 이 노인분의 안내를 따른다. 자, 출발!"

중대장이 명령하자 부대원들이 이동하기 시작했다. 부대는 오던 길을 되돌아가 수원리 쪽으로 내려가는 모양이었다. 노인이 앞에서 길을 안내하는 것 같았다.

한동안 정적이 흘렀다. 들리는 것이라고는 풀벌레 소리뿐이었다. 입이 바짝바짝 타들어 갔다. 탈주에 성공했다는 안도감을 느끼기도 전에 앞날에 대한 불안과 공포가 일시에 밀려왔다.

나는 계속 꼼짝도 하지 않고 엎드려 있었다. 어느 순간 너무 한기가 들어 참을 수가 없었다. 어디라도 들어가야 했다. 조심스레 몸을 일으켜 노인의 집 앞으로 숨죽여 걸어갔다. 집 주변은 쥐죽은 듯 고요했다. 칠흑같은 밤이라 갑자기 어디선가 무엇이 튀어나오지 않을까 덜컥 겁이 났다.

문 앞에서 선 나는 간신히 입을 열었다.

"주인님 계십니까?"

목소리가 기어들어갔다. 좀 더 크게 한 번 더 불렀다. 아무 대답이 없었다. 몇 번이나 불렀는데 여전히 대답이 없었다. 문을 흔들어 보았지만 굳게 잠겨 있었다.

잠시 후 할머니가 호롱불을 들고 문을 열었다. 아무도 없는 줄 알았던 나는 너무 놀라 주춤거렸다.

"저어, 물 좀 주세요."

할머니는 의아한 눈으로 나를 살피더니 다시 들어가 물 한 사발을 들고 나왔다. 나는 단숨에 그 물을 들이켰다.

"고맙습니다. 그런데 할아버지는 어디 가셨어요?"

대답이 없었다.

"저, 여기 머물던 군인들 어디로 갔는지 아세요?"

내가 생각해도 천연덕스러웠다. 할머니는 여전히 대답이 없었다.

"저는 깜빡 잠이 들어 자다가 이렇게 혼자 떨어졌어요. 부대가 아주 멀리 가 버린 것 같아요."

나는 아주 난처한 표정을 지었다. 그제야 할머니가 말했다.

"영감이 아까 그 군인들과 함께 갔어요. 아마 새벽녘에나 돌아오실 거요."

"이걸 어떡하죠? 혼자 갈 수도 없고 길도 모르고…… 어디 잘 데라도 없을까요? 아무 데라도 좋아요."

그러자 할머니가 내게 손으로 문간방을 가리켜 보였다.

"저쪽 방에 들어가 주무쇼."

그때였다. 웬 키가 큰 사람이 기침 소리도 없이 우리 앞으로 불쑥 다가섰다. 나는 깜짝 놀라 쳐다보았다. 그는 나이가 많은 신병이었는데, 보아하니 나와 같은 처지인 것 같았다. 내가 그에게 질책하듯 시침을 뚝 떼고 말했다.

"동무는 뭐요?"

"아, 나는 자다가 그만……."

그는 우물쭈물 말끝을 흐렸다.

"그래요? 역시 낙오병이구먼. 그래, 혼자요?"

나는 분대장답게 제법 위엄 있는 말투로 말했다. 그러고는 할머니에게 양해를 구한 뒤 그와 함께 집 안에 들어섰다.

그 집에 발을 막 들여 놓은 순간, 갑자기 뒤에서 인기척이 나더니 한 남자가 따발총을 겨눈 채로 집 안에 들어왔다. 나는 하마터면 소리를 지를 뻔했다. 그의 군복에 달린 계급장이 뚜렷하게 보였다. 일이 난처하게 되어 가고 있었다.

그가 말했다.

"동무들, 뭐요?"

"아, 그게 그만 깜빡 잠이 들어 깨어 보니……."

"저도 자다가 부대를 놓쳤습니다. 이거 어쩌죠?"

그는 예상 외로 나와 신병을 더 추궁하지는 않았다. 그 대신 빨리 부대를 뒤따라 가자며 우리를 재촉했다. 그 남자야말로 정말 자다가 낙오된 사람이었던 것이다.

"부지런히 가면 따라잡을 수 있을 거요."

나는 아주 곤란한 표정을 지으며 말했다.

"그렇지만 동무, 길도 모르는데다 낮도 아니고 별도 없는 깜깜한 밤인데 어떻게 따라간단 말입니까? 부대는 벌써 멀리 갔을 텐데요."

그러자 그가 대뜸 정색을 하고 말했다.

"그럼 동무는 안 가겠다는 거요?"

"안 가긴요, 가야죠. 그런데 지금 가다가 적병이라도 만나면 어떡합니까? 저는 내일 새벽에 길을 제대로 잡고 떠날 겁니다."

그는 내 말에 잠시 고개를 끄덕이며 생각하는 것 같더니 이번에는 신병에게 말했다.

147

"그럼 동무하고 나하고 둘이 갑시다."

신병은 모든 것을 내려 놓은 듯 나보다 더 배짱 좋게 말했다.

"무리하지 맙시다. 길도 모르는데 이 캄캄한 밤에 어디를 간단 말입니까?"

계급장을 달고 있던 남자는 한참 동안 머뭇거리더니 말했다.

"그럼 동무들은 내일 새벽에 일찍 따라오시오. 여기 있다가 잘못하면 개죽음 당할 수도 있으니까. 알겠소? 난 먼저 가겠소."

그는 할머니에게 길을 물어 급히 떠나갔다. 안도의 한숨이 절로 나왔다. 얼마나 마음을 졸였는지 모른다. 그가 계속 우겼다면 꼼짝없이 따라나서야 할 판이었다. 함께 자고 내일 새벽에 떠나자고 해도 문제였는데, 그렇게 혼자 떠나가 주니 정말 다행스러웠다.

나와 신병은 문간방으로 들어갔다. 신병은 스물여덟 살이고, 인민군대에 오기 전에는 평안남도 양덕에 있는 영화관에서 기사로 일했다고 했다. 성은 김 씨였다. 우리는 몇 마디 나누다가 그대로 곯아떨어졌다.

1950년 10월 18일, 전쟁 중 만난 은인

잠결에 두런거리는 소리가 들렸다. 어제 그 노인과 할머니가 이야기를 나누는 소리였다. 잠시 후 노인이 방문을 열고 들어왔다. 나는 김 씨를 깨웠다. 노인은 곧 날이 샐 거라고 말했다.

"길 안내를 하는데 날이 새기 전에 안전지대까지 가야 한다고 얼마나 서두르는지 아주 혼이 났지."

노인은 김 씨에게는 별로 관심이 없는 듯 나에게 고향이 어딘지, 부모님은 계신지, 가정 형편은 어떤지 자세하게 물었다. 그리고 내가 탈주했다고 단정하면서 이렇게 된 상황도 꼬치꼬치 물었다. 이야기를 나누는 동안 동쪽 하늘이 밝아왔다. 그 사이 할머니가 김이 나는 밥상을 들고 들어왔다.

"오랫동안 고생이 말이 아니었을 텐데⋯⋯ 따뜻한 밥도 못 먹었을 테고. 잡곡밥이라도 많이들 들어요."

나는 할머니의 따뜻한 말에 금세 눈시울이 붉어졌다. 노인이 말했다.

"밥을 빨리 먹고서 날이 밝기 전에 저쪽 밭 건너편 산속에 늘어가서 숨어 있어야 할 거네. 도망치다가 들키면 즉시 총살이니까. 며칠 전에도 수원리에서 대낮에 젊은 군인 둘이 도망치다 잡혀 여럿이 보는 앞에서 총살을 당했거든. 용서라곤 전혀 없던데. 요 며칠 사이 여기로 군인들이 수없이 지나갔어. 조금 조용해질 때까지 숨어 지내다가 집에 돌아가도록 하게."

밥을 먹기가 바쁘게 아직 이른 아침인데도 총과 수류탄, 배낭을 둘러메고 노인이 가리키는 곳으로 갔다. 김 씨는 내가 하는 대로 따랐다. 그는 말이 별로 없었다. 외딴집이 있는 수합리 입구가 건너다 보이는 곳에서 우리는 또 잠과 원수가 진 것처럼 하루 종일 잤다.

얼마나 잤는지 눈을 뜨니 해가 서쪽에 걸려 있었다. 멍하니 해를 보고 있는데 마을에서 아이들이 우리 쪽으로 뛰어왔다. 무슨 일인가 싶어 바짝 긴장했다.

"아저씨, 아저씨?"

두 아이가 급하게 불렀다. 자던 김 씨가 깜짝 놀라 일어나서 물었다.

"너희들 누구냐? 어디서 왔어?"

"요 아래서요. 어제 우리 집에 오셨잖아요. 할머니가 얼른 저녁 잡수시러 내려오래요."

나도 김 씨도 그제야 안심이 되었다. 그 아이들은 외딴집 노인의 손주들이었다. 우리는 주섬주섬 옷에 묻은 먼지를 털고 동네로 내려갔다.

지금까지는 운이 좋은 셈이었다. 노인은 오후부터 패잔병 부대가 지나가는 모습이 보이지 않는다며 이제 좀 안심해도 될 것 같다고 말했다.

"그래도 아직은 시국이 어수선해. 마음은 급하겠지만 며칠 동안 우리 집에 머물렀다 가는 게 안전해. 그동안 내가 시변리에 가서 좀 더 알아보고 안전하다 싶으면 말해 줄게."

세상에 이렇게 좋은 사람이 있을까 싶었다. 그러나 일단 탈주에 성공하고 보니 하루라도 빨리 집에 가고 싶은 마음이 굴뚝 같았다. 그런 속내를 들여다본 듯 노인이 계속해서 타일렀다.

"부모님이 얼마나 너를 보고 싶어 하겠니? 살았는지 죽었는지 걱정하느라 아마 잠도 못 주무실 게다. 그러니 안전하게 돌아가야지."

그 말을 들으니 부모님 생각에 금세 코끝이 찡했다. 전선 상황이 도무지 어떻게 돌아가는지 모르니 답답하기민 했다. 김 씨도 나도 마음은 급했지만 노인의 말을 듣는 게 낫다고 생각했다. 우리는 며칠을 더 기다리기로 했다. 그 집에 머무는 동안 노인은 밤마다 우리에게 많은 이야기를 해 주었다.

"나는 젊었을 때 만주와 일본을 전전하며 갖은 고생을 다 했어. 이런 난리 때는 바닷가와 도시 그리고 큰 길가는 피해서 살아야 해. 그런 곳에 살면 희생이 크지."

긴긴 가을밤 옥수수 알맹이를 까면서 노인의 이야기를 들었다. 지옥같은 전쟁터에서 그래도 사람답게 지낼 수 있었던 그 순간을 지금도 잊을 수가 없다.

집으로

1950년 10월 20일, 잠깐의 평화

10월 19일이 지나고 20일 아침이 되었다. 이상하게도 온몸이 부석부석 부은 것 같은 느낌이 들었다. 아마 찬 맨바닥에서 오랫동안 뒹굴다가 갑자기 더운 방에서만 지내서 그런가 보다 하고 별 걱정은 하지 않았다. 몸이 나른하고 코도 맹맹해지고 기운이 하나도 없었다. 그날 저녁까지 몸살이 난 듯 몸이 무거웠다.

노인이 말했다.

"긴장이 풀려서 그럴 거야. 내가 오늘 수원리, 매후리, 지변리 등지를 종일 돌아다녔는데 벌써 유엔군이 평양까지 들어갔다는 말이 있어. 이젠 각기 고향으로 가도 되겠어. 내일 하루 더 몸을 풀고 모레쯤 떠나도록 해. 내 내일 시변리에 나가서 한 번 더 상황을 보고 올테니까.”

노인은 아버지같은 정이 느껴지는 사람이었다.

“고생을 해 본 사람이 고충을 알지. 내가 어렸을 적부터 모진 고생을 해서 지난날 나를 보는 것 같아 마음이 쓰여.”

나는 눈물이 날 정도로 할아버지가 고마웠다.

10월 22일 아침 일찍 주인 할머니는 우리에게 오곡밥을 해 주었다. 며칠 동안 정도 들고 신세를 진 이 집에 은혜를 갚고 싶었지만 가진 게 아무것도 없었다. 우리는 군복 상의를 노인에게 드렸다. 나중에 옷감으로라도 쓸 수 있을 것 같았다.

김 씨와 나는 광목 내복 상의에 군복 바지 차림으로 어깨에 모포를 걸치고는 그 집을 나섰다. 가지고 있던 총과 배낭은 땅에 묻어 버렸다. 다시는 그런 것을 몸에 짊어지고 싶지 않았다.

“수합리를 지나 수원리에 가면 치안대가 있을 것이야. 치안대에 내 이름을 대고 통행증을 얻고 바지를 바꿔 입어. 어서 빨리 집에 가서 부모님을 만나 잘 받들어 모시고 섬겨야 해. 잘들 가.”

눈물이 핑 돌았다. 노인과는 그렇게 작별을 했다.

수합리를 지나 수원리에 다다르니 길목에 국방군 치안대가 총을 메고 지키고 있었다. 누군가 우리를 불렀다.

"야, 너희들 이리 와 봐."

나는 노인의 이름을 대고 집으로 가는 길이라고 말했다. 그랬더니 나보다 나이가 많아 보이는 사람이 고생 많았다며 위로를 했다. 그때 새파란 젊은 남자가 안에서 뛰어나와 우리를 향해 소리를 질렀다.

"고생은 무슨 고생이야. 이놈들은 빨갱이야, 빨갱이. 혼 좀 나야 돼!"

그 젊은이가 개머리판으로 우리를 때리려고 했다. 그러자 나이 많은 사람이 젊은이를 몹시 나무랐다. 그는 우리에게 이것저것 묻고는 동네에서 군복 바지를 바꿔 입고 가라며 가는 길도 자세히 가르쳐 주었다.

우리는 이 집 저 집 기웃거리며 옷을 구하려 했지만 마땅한 것이 없었다. 나는 겨우 헌 감색 바지를 얻어 바꿔 입었다. 김 씨는 허름한 핫바지를 입었다. 매후리라는 곳에서도 치안대에 불려갔으나 무사히 지나갔다.

1950년 10월 22일, 머나먼 길

해질녘, 시변리에 거의 도착했다. 토산과 연천으로 나가는 신작로에 들어섰는데 총소리가 요란했다. 우리는 일단 높은 곳으로 올라가 상황을 살폈다. 작업복 차림의 군인들이 사격 연습을 하고 있었다. 국방군이었다. 그들을 보자마자 왜 그렇게 겁이 나는지 온몸이 덜덜 떨렸다.

사격 연습장을 피해 다른 길로 가고 있는데 또 다른 국방군 무리를 만나고 말았다. 그들 중 키가 무척 큰 사람이 우리를 보더니 걸음을 멈추고 눈을 부라리며 비아냥거렸다.

"하아, 동무들 어디 갔다 오는 거요?"

묻는 말투가 우리를 해코지라도 할 것 같아 가슴이 쿵쿵 뛰었다.

"야, 어디 갔다 오냐고 묻잖아!"

"집에 가는 중입니다."

나는 짧게 대답했다. 그는 다시 김 씨한테 꼬치꼬치 물었다. 다른 군인들은 우리를 가운데 두고 빙 둘러서서 바라보고 있었다. 그러다 한 군인이 내 어깨에 멘 모포를 낚아채서 내 앞에 내밀며 말했다.

"야, 인마! 이거 당장 풀어 봐!"

모포를 둘둘 말아서 묶었던 끈을 풀어 펼쳤더니 모포에 US라는 마크가 보였다.

"오호! 그럴 줄 알았어. 야, 너는 이런 것 갖고 있으면 안 돼. 자식이 죽을라구 그래? 이건 내가 갖는다."

내가 주춤거렸더니 군인이 호통을 쳤다.

"왜? 내놓기 싫어?"

그는 금방 개머리판으로 나를 때릴 것 같았다. 나는 놀라서 비켜섰다. 그 군인이 총대로 모포를 가리키며 말했다.

"왜 이렇게 어물거려? 아까처럼 다시 묶어!"

그는 모포를 날름 빼앗아 자기 어깨에 멨다. 김 씨도 모포를 빼앗겼다. 군인들은 시시덕거리며 물러갔다.

우리는 서둘러 그 자리를 떠났다. 이제 완전히 빈 몸이었다. 수중에는 돈도 한 푼 없고 돈이 될 만한 것도 없었다. 그 상태로 계속 걸어 노인이 알려 준 대로 철원, 금천, 토산 세 방면으로 갈리는 삼거리에서 금천 쪽으로 가다가 좌측에 있는 치안대에 들어갔다. 노인이 인편으로 그곳 치안대에 이야기를 해 놓았다고 했기 때문이다.

나이가 마흔쯤 돼 보이는 치안대장에게 노인의 이름을 대며 고향으로 가는 중이라고 말했다. 그가 이것저것 묻기 시작했다.

"이름은?"

"박민철입니다."

"나이는?"

"열여섯 살입니다."

"소속은?"

"27연대입니다."

"이동 상황은?"

27연대가 어디로 이동했는지 알 턱이 없었다. 혹시나 우리를 보내 주지 않을까 봐 가슴이 조마조마했다.

"이동하는 중에 탈주했습니다. 그래서 노인의 도움으로 고향에 돌아가는 중입니다."

이번에는 김 씨 차례였다. 치안대장은 그에게 노동당 입당 여부와 고향에서 어떤 생활을 했는지 등을 세세하게 물었다. 다 듣고 나더니 치안대장이 말했다.

"당신은 여기 좀 더 있어 봐. 조사를 더 해야겠구먼."

그리고는 내 얼굴을 살피더니 통행증을 써 주었다. 나는 선뜻 일어설 수가 없었다. 김 씨와 떨어진다는 게 두려웠다.

그동안 서로 의지하며 여기까지 왔기 때문이다.

"대장님, 저는 학생이라서 교도대 훈련도 받고 또 분대장도 되었지만, 여기 김 씨는 나중에 신병으로 보충되어 훈련도 못 받고 우리 부대를 따라다니다 저랑 탈주했어요. 인민군 부대를 탈주할 때 김 씨 도움을 많이 받았어요. 김 씨가 탈주하자고 용기를 줘서 그 지옥같은 인민군대를 떠나올 수 있었다고요. 제발 함께 가게 해 주세요."

내 말을 잠자코 듣고 있던 치안대장이 한참 생각하더니 김 씨의 통행증도 써 주며 조심해서 집에 가라고 했다.

"다시는 공산당의 속임수에 넘어가지 말고 대한민국의 국민으로 충성을 바쳐야 해. 알겠나?"

"예, 잘 알겠습니다. 고맙습니다."

우리는 치안대장에게 허리를 굽혀 진심으로 고맙다고 인사를 했다. 큰길로 나와 한참 걷고 나니 갈림길이 나왔다. 김 씨가 통천으로 가는 길과 원산으로 가는 길이 이곳에서 갈라진다며 자기는 원산 쪽으로 가야 한다고 말했다. 그와 헤어지려니 너무 불안했다. 그래도 할 수 없었다. 우리는 서로 손을 잡고 한참 동안 놓지 못했다.

"조심해서 가."

"네. 조심해서 가세요."

"꼭 고향에 가."

"네. 꼭 고향으로 가세요."

"시국이 안정되면 편지라도 하자."

"네, 그래야죠."

주소를 주고받은 후에 김 씨가 먼저 떠났다. 그가 가는 쪽을 바라보다가 나도 통천 쪽으로 발을 떼었다.

늦가을이라 해가 짧아 금세 저녁이 되었다. 아낙네들이 가을걷이를 하고 집으로 돌아가는지 머리에 콩깍지 단을 이고 길을 걸었다. 나는 혼자 걷는 길이 너무도 쓸쓸했다. 이제 완전히 외톨이가 된 것 같았다. 길은 점점 어두워졌다. 이런저런 생각을 하며 부지런히 걸었다.

이제 앞이 잘 보이지 않을 정도로 어두워서 무서웠다. 민가를 찾아 들어가기로 했다. 한참을 걸어가니 왼편으로 호젓해 보이는 동네가 나타났다. 기와집들이 많은 걸 봐서 꽤 잘사는 동네 같았다.

'오늘 저녁은 저 동네에서 묵어가자.'

기대를 안고 마을로 들어갔다. 첫 번째 만난 기와집으로 가서 대문을 기웃거렸다. 주인인 듯한 남자가 나오더니 누구냐고 물었다.

"저 날이 저물어서 그러는데 하룻밤 재워 주실 수 있나요?"

"우리는 방이 없다."

한마디로 딱 거절이었다. 두 번 다시 말을 붙일 수가 없었다. 다시 두 번째 집을 향해 걸었다. 대문이 닫혀 있어서 조심스럽게 문을 두드렸다. 잠시 후 대문이 빼꼼히 열렸다. 여자아이가 내 차림새를 훑어보더니 대답도 없이 문을 확 닫았다. 다리에 힘이 빠졌다. 세 번째 집으로 가서 이번엔 대문을 좀 세게 두드렸다. 안에서 굵은 남자 목소리가 들렸다.

"누구요?"

문이 열리는데 얼굴이 우락부락한 남자였다.

"저, 지나가는 사람인데요. 날이 저물어서 그러는데 하룻밤 신세를 질까 하구요."

"웬 미친놈 다 봤네. 새파랗게 젊은 놈이 뭐하는 짓이야? 뭘 믿고 너 같은 놈을 재워 줘? 이런 어수선한 시국에."

대문이 꽝 닫혔다. 대여섯 집을 돌아다니다가 쫓겨나고 보니 암담하기 짝이 없었다. 또 길가에서 잘 생각을 하니 모포도 없어서 얼어 죽기 십상이었다. 이번엔 초라한 초가집에 가서 사정을 해 보기로 했다. 문 앞에 가서 일단 크게 기침을 했다.

"주인장 계십니까?"

안에서 젊은 여자가 문을 열었다.

"저 죄송합니다. 하룻밤만 재워 주시면 안 될까요?"

그때 그녀 뒤에서 한 남자가 걸어 나오더니 문을 활짝 열어젖혔다. 그는 나를 살피더니 들어오라고 했다.

"고생이 많군요. 집은 누추하지만 일단 들어오시오."

동정하는 마음이 담긴 말씨였다. 얼마나 기쁜지 눈물이 나오려고 했다. 아직 서른도 안 되어 보인 젊은 부부가 사는 집인 것 같았다. 안으로 들어갔더니 부인인 듯한 젊은 여자가 국을 데워 저녁상을 차려 주었다. 너무 고마웠다.

이 동네에서 이 집이 가장 작고 허름해 보였는데 인심은 가장 따뜻했다. 저녁을 먹고 나서 그들과 이런저런 이야기를 나누었다. 주인은 전선 이야기를 가장 궁금해했다. 나는 북으로 후퇴하다가 탈주했다고 솔직히 말했다.

이튿날 일찍 일어났더니 그 부인이 아침상을 건네주었다. 남자는 어디를 갔는지 보이지 않았다. 나 혼자 밥을 맛있게 먹고 감사하다고 몇 번이나 인사를 하고 길을 떠났다.

지난밤에 주인 남자가 가르쳐 준 대로 토산은 이곳에서 얼마 되지 않는 거리에 있었다. 떠오르는 아침 햇살을 받으며 토산에 다다랐다.

마침 임진강을 건너는 나룻배가 와 닿았기에 다른 사람들의 뒤를 따라 나도 무조건 배에 올라탔다. 고깃배나 전마선은 바닷가에 살아서 많이 타 봤지만 강을 건너는 나룻배는 생전 처음 탄 것이었다. 사공은 나이가 많은 노인이었다.

그가 부지런히 노를 저어 배를 강 건너편에 대었다. 사람들이 내리면서 뱃사공에게 인사를 했다. 나도 배에서 내리면서 다른 사람들이 하는 대로 인사를 했다.

"할아버지, 고맙습니다."

꾸벅 인사를 하고 막 돌아설 때였다.

"이보게 젊은이, 뱃삯을 내야지."

나는 누구한테 하는 말인가 하고 뒤를 돌아다 보았다. 할아버지가 나를 똑바로 바라보고 있었다. 내가 머뭇머뭇하자 그가 다시 말했다. 아까보다 목소리가 약간 거칠게 들렸다.

"젊은이, 강을 건넜으면 뱃삯을 내야지 그냥 가려고 하나?"

나는 아차 싶었다. 하지만 이미 늦어 어쩔 수가 없었다. 수중에 돈이라고는 한 푼도 없으니 사정하는 수밖에 다른 도리가 없었다.

"정말 죄송합니다. 돈이 한 푼도 없습니다."

"뭐라고? 머리에 피도 안 마른 거지 주제에 말 한마디 없이 배를 타고 건너선 뻔뻔하게 돈이 없다구?"

"그냥 타는 건 줄 알았어요. 죄송합니다."

"뭐! 그냥 타는 거? 이놈아, 나는 땅 파서 먹고 사는 줄 아느냐? 터진 입이라고 그게 말이나 되느냐, 이놈아!"

나는 엉거주춤 서서 무조건 잘못했다고 빌었다. 할아버지는 내게 욕을 퍼부었다.

"이놈의 새끼, 가다가 벼락이나 맞아라."

나는 그냥 돌아서서 걸었다. 눈물이 핑 돌았다. 뱃사공 노인의 욕을 고스란히 들으며 서러움을 안고 걷고 또 걸었다.

1950년 10월 23일, 운명의 철원역

길 양편에는 누렇게 익은 벼가 물결치고 있었다. 논에는 농부들이 한 사람도 없었다. 벼가 저렇게 익었으니 곧 추수를 해야 할 텐데 누가 농사를 지을까. 젊은 남자들은 거의 다 군대에 갔을 터였다. 남반부에는 저런 논들이 많은 모양이었다.

너무 걸어서 다리가 아팠다. 한참 걷다가 집 처마에 걸터앉아 쉬는데 어떤 노인이 다가왔다. 뱃사공 노인이 생각나 그가 가까이 오는 게 반갑지 않았다.

"젊은이, 어디까지 가는가?"

목소리와 말투로 봐서 다행히 다짜고짜 욕을 할 것 같지는 않았다.

"집에 가는 중입니다."

"그렇구먼. 이런 시국에 집에 빨리 간들 안전하겠나? 다시 붙잡혀 갈지도 모르는데 우리 집에서 농사일이나 좀 거들어 주게. 내 품삯은 후히 쳐주겠네."

말은 고마웠지만 나는 하루라도 빨리 집으로 가고 싶었다. 여기저기서 괄시를 당하니 집이 더욱 그리웠다. 노인이 다시 말했다.

"이렇게 어수선할 때는 그저 촌에 꼭 박혀서 농사일이나 하는 게 좋아. 다시 한번 생각해 보게. 걸음걸이를 보아하니 끼니도 제대로 못 먹은 모양이구먼. 우선 우리 집에 가서 요기나 하고 가지."

배가 몹시 고팠기 때문에 노인이 가자는 대로 집에 가서 점심을 얻어먹었다. 밥을 먹고 나니 노인이 다시 말했다.

"아, 사람이 있어야 저 벼를 벨 텐데. 실컷 농사를 지어 놓고 추수를 못 하게 생겼네. 그놈의 전쟁만 일어나지 않았으면 벌써 베었을 텐데. 저 낟알들을 그냥 썩히게 될까 봐 걱정이여. 에이 참. 세상이 어찌 되려고 이러는지 원."

나는 미안하다고 인사를 하고 노인의 집을 나왔다.

이따금 북으로 달리는 유엔군 트럭도 만났다. 그 트럭에는 피부가 까만 군인들이 타고 있었다. 내가 쳐다보자 하얀 이를 드러내고 웃으며 손을 흔들었다. 계속 걷는데 곳곳에 불에 타서 잿더미가 된 집들이 많았다. 어떤 곳에는 인민군 탱크가 뒤집힌 채 시커멓게 그을려 있었다. 폭격을 맞은 것 같았다.

철원으로 가는 길 양쪽으로 관개 시설이 잘 된 평야가 펼쳐져 있었다. 너른 평야에 황금 물결처럼 벼들이 축 늘어져 있었다. 한참 걷는데 처음으로 논에서 일하는 사람을 보았다. 노부부와 젊은 아낙네 셋이서 벼를 베고 있었다. 그 곁을 지나는데 늙은 남자가 나한테 큰 소리로 말했다.

"어이, 젊은이? 어디까지 가는가?"

다짜고짜 물어서 통천까지 간다고 대답했다.

"그러면 우리 벼를 좀 베어 주고 가게나. 내 서운하지 않게 생각해 주겠네."

벌써 두 번째였다. 이 넓은 철원 평야에 추수할 일꾼이 없다니 얼마나 안타까운 일인지 몰랐다. 하지만 내겐 가야 할 길이 있었다.

해가 질 무렵, 철원역 근처에서 치안대를 만났다. 내 또래의 치안대원 몇이 뛰어나와 나를 붙잡아 세우더니 다짜고짜 물었다.

"너! 어디 가는 거야?"

나는 통행증을 내보이며 말했다.

"집으로 가는 길입니다."

치안대원이 내 통행증을 이리저리 살피더니 물었다.

"이런 것 말고는 없어?"

내가 대답도 하기 전에 그들은 나를 역전 파출소로 끌고 갔다.

그곳에서 전투복 차림의 경찰관들을 처음 보았다. 하지만 국방군을 봤을 때처럼 무섭지는 않았다. 나는 다른 통행 증명서를 얻을 수도 있지 않을까 하고 내심 기대했다.

경찰관이 내게 물었다.

"너 오늘 어디서 잘래? 잘 곳이 있어?"

나는 고개를 저었다.

"그럼 어떡하지? 어디 보자…… 여기서 잠깐 기다려라. 응?"

경찰관이 잘 곳을 마련해 주려고 하는 것 같았다. 나는 고마워서 고개를 끄덕이며 허리를 굽혔다.

어느새 밖에는 땅거미가 지기 시작했다. 그 경찰은 나를 시냇가로 데려가더니 길가에 있는 2층 건물로 들어갔다. 그가 입구에 서 있는 경찰에게 말했다.

"이봐! 애 좀 잠깐 돌봐 줘."

명령을 하는 걸로 봐서 나를 데려온 경찰이 계급이 높은 모양이었다. 나를 맡은 다른 경찰이 심심한지 내게 이것저것 물었다.

"너 고향이 어디냐?"

"통천군 고저읍이요."

"야, 나는 고성읍인데. 반갑다, 반가워."

"정말요?"

우리는 서로 손을 잡고 흔들었다.

"고생이 많았겠구나. 그렇지?"

나는 고개를 끄덕였다. 그 경찰은 동해안에서부터 함경남도 북청까지, 평안도 쪽은 순천까지 유엔군이 진격했다는 사실을 알려 주었다.

"그런데 여긴 어디에요?"

"철원이지."

"아뇨, 이 건물요."

"아, 여긴 철원 경찰서야. 경찰서인 줄 몰랐구나."

그제야 안에서 웅성거리는 소리 속에 비명이 들리고 욕지거리도 들려오는 걸 이해할 수 있었다. 경찰서라 그런지 많은 사람이 들락거렸다. 그 경찰은 내게 아무 데서나 자고 내일 떠나라고 했는데 나는 밤중에 어디로 가야 할지 몰라 어리둥절하고 있었다. 그때 마침 나를 데리고 온 경찰이 안에서 나왔다.

"아차, 너 여태 여기 있었구나. 이런, 이걸 어떡하지?"

잠시 생각하더니 또 나에게 따라오라고 하며 앞장섰다. 고향이 고성이라는 경찰에게 인사를 하고 그를 따라나섰다.

얼마 가지 않아 도착한 곳은 어느 학교였다. 교실로 들어서니 한 군인이 촛불을 켜 놓고 책상 앞에 앉아 있었다. 경찰이 그에게 귓속말을 하고는 나를 돌아보았다.

"너 여기서 자고 내일 집에 가라."

"네, 알겠습니다. 고맙습니다."

경찰은 고개를 끄덕이며 밖으로 나갔다. 나는 마음속으로 남반부에는 좋은 사람이 많다는 생각을 했다. 이윽고 군인이 나를 보고 대뜸 물었다.

"너 몇 살이냐?"

"열여섯입니다."

"주소, 성명 대 봐."

하룻밤 자고 갈 건데 뭘 또 조사하나 싶었지만 대답을 해야 했다. 주소, 성명, 생년월일, 인민군 소속, 계급 등을 묻는 대로 다 답했다. 군인은 그것을 다 적고 나서 나를 데리고 다른 교실로 갔다.

촛불에 비친 교실 안을 들여다보니 일반 교실이 아닌 것 같았다. 갑자기 황주에서 명덕국민학교에 있을 때가 문득 떠올랐다. 그때 봤던 인민군대 시설과 똑같았다. 학교 시설을 간단하게 변경하여 군대의 막사로 사용한다는 사실을 나는 알고 있었다. 교실에 들어서자 군인이 누군가를 불렀다.

"이 사람 새로 왔으니 여기서 재워."

"네, 알겠습니다."

새로 왔다는 말이 아무래도 이상했다. 하룻밤 자고 가는데 새로 왔다니, 도대체 무슨 말일까?

포로가 되다

1950년 10월 24일, 호랑이굴

잠자리라고 해야 볏짚 더미 위에서 가마니를 덮고 자는 게 전부였다. 차라리 노숙을 할 걸 하고 후회했지만 소용없었다. 얼른 눈을 붙이고 일찍 일어나 빨리 떠나야 한다는 생각뿐이었다.

10월 24일 아침, 두런거리는 말소리에 눈을 떴다. 그제야 나는 그곳이 임시 포로수용소라는 걸 알 수 있었다. 어제까지 사백여 명의 포로들이 이곳에 있다가 서울 쪽으로 후송되었다는 말도 들었다. 여기 남아 있는 사람들은 거의 부상자라고 했다.

일단 들어왔으니 아침이나 얻어먹고 가야겠다는 생각이

들었다. 그때 누군가가 내게 가까이 다가와 어디서 왔는지를 물었다. 형 또래의 포로였다. 나도 궁금한 것을 물었다.

"여기에 왜 이런 포로수용소가 생겼어요?"

"말도 마라. 얼마 전에 철원, 금화, 평강을 잇는 삼각형으로 된 이 지역에 큰 전투가 있었어."

"누구랑요? 유엔군요?"

나는 이곳으로 올 때 유엔군 트럭을 봤기에 그렇게 물었다.

"저기 보이는 커다란 산 있지? 그 산에 인민군 패잔병 1개 사단이 모여 있었어. 그들이 금화에 주둔하고 있는 국방군 부대를 습격했다가 실패했어. 그 일 때문에 지금 국방군이 철원 일대를 대대적으로 검색해서 탈주병이든 뭐든 가리지 않고 인민군이면 모조리 다 잡아들이고 있다고."

나는 호랑이굴에 제 발로 기어들어 온 꼴이었다. 얼른 여기를 빠져나가야 했다. 그 포로는 내 속마음도 모르고 계속 말했다.

"중상자는 여기서 며칠 동안만 있다가 거의 후송되었어. 여긴 지금 삼십 명 정도만 남아 있는데 대부분 경상자들이야."

그러고 보니 그도 다리에 붕대를 감고 있었다. 나는 서둘러 어제 그 군인을 찾아가 말했다.

"저 이제 나가도 되죠?"

"뭐야? 너 이 새끼, 정신이 있어? 너 혼자 또 도망이라도 치겠다는 거냐?"

그 군인이 대번에 눈을 부라렸다.

"하룻밤만 자고 가라고 했잖아요? 저 집에 가야 해요."

"이런 멍청한 자식. 넌 포로야, 포로! 얼른 막사로 돌아가!"

포로. 난 이미 포로가 되어 있었다. 하루만 더 늦게 철원에 도착했어도 여기로 오지 않았을 텐데. 지나간 일을 안타까워해야 속만 상했다.

아침밥으로 조밥을 주었는데 어린아이 머리만 한 주먹밥에 된장 한 덩이가 전부였다. 전날부터 배가 고파서 아쉬운 대로 허겁지겁 입에 넣었으나 깔깔해서 도저히 먹을 수가 없었다. 게다가 웬일인지 조밥에 까만 탄재가 섞여 있어서 꼭 모래를 씹는 것 같았다.

"무슨 밥이 이래? 석탄 가루를 뭉친 거 아냐?"

거적을 뒤집어쓰고 있다가 일어나서 조밥을 받아먹던 사람들이 여기저기서 투덜거렸다. 몇 번 쩝쩝대다가 반도 못 먹고 다 내려 놓았다. 나도 조금 먹다가 말았다. 조밥이 깔깔하기도 했지만 이제 포로가 되었다는 사실이 기가막혀 밥이 더 이상 목구멍으로 넘어가지 않았다.

왜 여기에 왔을까, 집에는 영영 가지 못하는 걸까. 철조망도 이중 삼중으로 쳐 놔서 탈출은 꿈도 꿀 수 없을 것 같았다. 김 씨는 잘 갔을까. 차라리 농사일을 도와달라던 노인 말을 들을걸. 별별 생각이 다 들었다.

포로들은 아무 희망도 없어 보였다. 어느새 점심을 준다고 모이라고 해서 갔더니 아침에 먹던 조밥이 또 나왔다. 모두 아침처럼 입맛만 다실 뿐이었다. 정오가 지나니 밖에는 비가 내리기 시작했다. 나는 고향을 코앞에 두고 이곳에 오게 되었다는 사실이 믿기지 않았다. 속이 상해 미칠 지경이었다.

인민군 포로라니, 이제 내 삶은 어떻게 될까? 하릴없이 밖을 내다보는데 고향 생각에 눈물이 나왔다. 엄마가 보고 싶었다. 아버지도, 형도, 누나도, 재환이도 너무나 그리웠다.

'누나는 지금도 병원에 있을까? 병원에 있다면 부상당한 군인들을 간호하겠지?'

혼자서 고향 생각을 하고 있는데 옆에 있는 사람들이 수런거렸다.

"탄가루라도 안 들어가면 그나마 먹을 수 있겠는데."

"좁쌀밥을 물에 씻어서 탄가루를 빼내고 차라리 죽을 쒀서 먹으면 나을까?"

"그런데 도대체 왜 탄가루를 좁쌀에 섞는 거지?"

"누가 일부러 섞었을라구? 전쟁통에 좁쌀을 수확할 때 탄가루가 있는 곳에서 했겠지."

"그나저나 그릇이 있으면 조밥을 물에 닦아서 죽을 쑬 텐데."

나는 배가 너무 고파 취사장에 가서 그릇을 찾아보았다. 약간 찌그러지긴 했지만 큰 통이 있었다. 거기다 아까 사람들이 먹다 만 조밥을 넣고 물로 씻어 탄가루를 흘려보내고는 죽을 쑤었다. 조밥으로 만든 죽은 제법 먹음직스러웠다.

"야, 훌륭해. 아주 훌륭해."

나이가 많은 부상병이 내게 말했다. 이튿날도 비가 내렸는데 우리는 좁쌀로 죽을 쑤어 먹었다. 비가 오니 짚더미도 젖어 너무 추웠다. 얇은 여름용 광목 내복에 낡아 빠진 바지를 입고 있던 나는 추워서 견딜 수가 없었다.

어디 입을 것이 없나 주변을 살폈다. 헝겊 쪼가리라도 있으면 몸을 조금이라도 가릴 수 있을 텐데. 그러다가 후미진 곳에서 기름에 젖은 작업복을 발견했다. 여기저기 구멍이 났지만 옷의 형태는 남아 있었다. 그걸 주워서 털었다. 먼지와 흙이 기름에 쩔어서 아무리 털어도 매한가지였다.

"야, 그걸 입으려고?"

나는 못 들은 척하고 기름때를 문지르고 짚으로 닦아냈다. 바짓가랑이가 너덜거렸지만 추운 것보다는 나을 것 같아 입기로 했다. 엉덩이와 다리에 구멍이 숭숭 뚫렸는데 그래도 몸에 걸치니 추위가 조금 덜했다.

그곳에서는 아무것도 할 수 없었다. 그냥 뒹굴고 먹고 자고 시간만 보냈다. 왜 이렇게 가둬 두는지 알 수가 없었다. 사람이 아니라 돼지가 된 것 같았다. 돼지도 형편없는 돼지라야 맞았다. 부상병을 치료해 주지도 않았고, 일을 시키지도 않았다. 차라리 누렇게 익은 벼나 베라고 하지 하는 생각이 들었다.

사실 나는 여기 와서 포로라는 말을 처음 들었다. 포로는 원래 가둬 놓기만 하는 걸까? 포로들은 이제 어떻게 되는 걸까? 궁금한 게 한두 가지가 아니었다.

인천 포로수용소

1950년 10월 27일, 포로 혹은 죄수

경원선이 재개통되었다. 나는 사십여 명의 포로들과 함께 하행선 열차를 타고 한밤중에 서울역에 도착했다. 부상병이 서른 명이 넘었고 성한 사람은 열 명 정도 되었다.

한 달여 전에 남반부 인민들을 교화시키겠다는 각오로 서울에 왔던 게 생각났다. 그때는 이렇게 포로가 되어 다시 서울 땅을 밟을 줄은 상상도 하지 못했다.

서울의 밤은 정적 그 자체였다. 창백한 달빛만이 우리를 비춰 주었다. 용산으로 가다가 왼쪽으로 구부러져 들어갔는데 육군 형무소라는 간판이 붙은 곳이 보였다. 형무소라는 말에 몸이 움츠러들었다. 이제 포로에서 죄인이 되는 건가?

군인들이 인원 수를 세더니 모든 포로를 한 방에 몰아넣었다. 포로들은 짐짝처럼 차곡차곡 쌓였다. 몸과 몸을 맞대고 앉아 팔 하나 다리 하나 움직일 수가 없었다. 말을 하거나 작은 소리라도 내면 형무소를 지키는 간수가 몽둥이로 마구 때리는 바람에 찍소리도 못 내고 앉아 있어야 했다.

언제 잠이 들었을까? 일어나라는 호령에 눈을 떠 보니 모두 뒤죽박죽 뒤엉켜 자고 있었다. 변기 근처에는 구린내가 너무 심해서 공간이 조금 여유가 있었다. 차라리 임시 수용소 짚더미가 훨씬 좋았다는 생각이 들었다.

잠시 후 우리를 전부 밖으로 끌어내더니 인원 점검을 했다. 아침마다 하는 점검이었다. 그 후 광장으로 끌고 갔는데 거기에는 처음 보는 포로들이 많이 있었다.

"모두 밥을 받아가라!"

소리가 나는 쪽으로 사람들이 우루루 몰려갔다. 어린아이 머리통만한 안남미 주먹밥을 한 덩이씩 주었다. 주먹밥을 받아 우적우적 먹었다. 한참 있다가 어떤 장교가 나와서 일장 연설을 했다.

"너희들은 김일성 도당의 전쟁 두발 때문에 어울하게 고생하다가 포로가 되었다. 너희들은 이제 인천으로 갔다가 거기서 사면을 받고 곧 고향에 돌아가게 될 것이다."

내 귀를 의심했다. 고향으로 돌아가게 해 준다는 말이 얼마나 반가운지 몰랐다. 포로들은 기뻐서 모두 박수를 쳤다. 콩나물시루처럼 사람을 빽빽하게 우겨넣은 방, 똥 냄새가 진동하는 그 방에 다시 들어가지 않아도 되는 건 다행이었다. 하지만 왜 인천까지 가야 하는 걸까. 여기서 바로 고향으로 돌아갈 순 없는 걸까.

우락부락한 군인들에게 궁금한 것을 물어볼 용기가 나지 않았다. 잠시 후 경비병들의 감시를 받으며 용산역으로 걸어갔다. 기차에 올라 또 한참을 그 안에서 대기해야 했다. 저녁이 되어서야 출발했는데 한 시간 반쯤 후 인천에 도착했다.

기차에서 내린 포로들은 다섯 명씩 서로 손을 잡고 행렬을 지어 걸었다. 어두워지기 전에 어떤 철조망이 둘러쳐진 곳에 도착했다. 조금 있다가 다시 인원 점검을 하고 철조망 안으로 들어갔다. 철조망은 수용소 정문이었다. 들어가자 곧바로 앞에 천막으로 지은 식당이 있었는데, 한 줄로 서서 기다리라고 했다.

완장을 두른 남자가 식사 배급을 받으라고 소리쳤다. 앞사람을 따라 남자가 소리치는 곳으로 갔다. 그가 밥을 받아먹을 그릇을 준비하라며 고래고래 목청을 높였다. 나는 그릇이 어디 있는지 몰라 두리번거렸다.

그릇도 주지 않고 밥을 퍼 주는데 앞사람을 보니 종이에 혹은 손수건에 밥을 받고 있었다. 나도 마침 꼬질꼬질한 작은 수건이 있어서 다급한 김에 그것을 펴들고 나갔다. 더러운 수건이었지만 밥을 먹어야 했기에 다른 방법이 없었다. 어떤 사람은 그냥 손으로 밥을 받기도 했다.

밥을 수건에 받고 나니 옆에서 국을 받아가라고 했다. 국이야말로 그릇이 필요했다. 할 수 없이 밥 위에 국을 받으니 국물이 그대로 흘러 버렸다. 배가 너무 고파 국물이 흐르는 게 아까워 입을 대고 흐르는 국물을 마셨다.

그때 어떤 사람이 몽둥이를 휘두르며 금방 때릴 것처럼 소리쳤다.

"이 새끼야, 저기 가서 앉아서 먹어!"

나는 기겁을 하고 그 사람이 가리키는 쪽을 보았다. 다섯 명씩 열을 지어 앉아 밥을 먹고 있었다. 나도 그쪽으로 가 앉았다. 수저가 있을 리 없었다. 밥과 국이 범벅이 된 것을 핥듯이 먹고 나니 맛을 생각할 겨를도 없었다. 마치 개가 음식을 핥아먹듯 밥과 국을 먹었다.

그래도 먹고 나니 배고픔이 가셨다. 비참하다는 생각도 사치였다. 굶지 않고 죽지 않고 살아 있다는 것 자체만 생각했다. 밥을 먹은 후에는 오십 명씩 다시 열을 지어 24인용 천막들이 주욱 설치된 곳으로 갔다. 군인들이 포로들을 천막 안으로 밀어넣었다.

논바닥 위에 덩그러니 천막만 쳐 놓았는데 거기서 자라고 했다. 논바닥에 물이 고여 있지 않아 다행이긴 했으나, 이런 곳에서 아무것도 깔지 않고 또 잘 생각을 하니 UN이라고 써 있던 그 모포를 빼앗긴 게 너무 아쉬웠다.

덮을 것도 주지 않고 자라고 하니 대번에 혼란이 일어났다. 몇몇 사람은 어디선가 삽을 가져다가 바닥을 고르기도 하고, 부족하나마 헌 가마니 짚을 대충 깔고 그 위에 잠자리를 마련하는 사람도 있었다.

1950년 10월 29일, 기나긴 고통의 시작

새벽부터 군인들이 천막을 몽둥이로 탕탕 치며 일어나라고 소리쳤다.

"조반 배식 여기로!"

소리 나는 쪽으로 갔더니 전날 저녁과 똑같았다. 오십 명이 열을 지어 전날 저녁처럼 밥을 받아야 했는데, 또 어쩔 수 없이 수건에 받아다 먹었다.

계속 수건에 밥과 국을 받아먹을 수는 없는 노릇이었다. 나는 아침을 먹고 나서 다른 방법을 찾아보았다. 천막들 주변에서는 사금파리 하나 찾을 수 없었다. 깡통이라도 있으면 좋으련만 그런 것은 눈 씻고 찾아도 없었다. 결국 철원 임시 수용소에서 주워 입은 작업복 바짓가랑이를 잘라 쓰기로 했다. 얇은 수건보다는 두꺼워서 국물을 그나마 조금이라도 아낄 수 있었다.

천막 단위로 소대라 불렀다. 군대처럼 분대장을 뽑더니 각 분대별로 줄을 세웠다. 잠시 후 미제 사지 군복(미군들이 입는 동복 바지)을 입은 말쑥한 포로가 인천 수용소를 소개했다.

"이 인천 수용소에는 수천 명의 포로들이 임시로 수용되었는데, 시설이 이렇게 열악한 것은 갑자기 밀려드는 포로들을 수용해야 하기 때문이다. 그러니 불편하더라도 잘 참아 주기 바란다."

그는 이곳에 온 포로 중에 최고참이라고 했다. 그의 말대로 수용소 시설은 부족한 게 너무 많았다. 겨우 철조망만 두르고 천막을 친 게 다였다. 먼저 입소한 포로들은 그런대로 작업복이나 사지 군복을 얻어 입었으나, 나중에 수용된 포로들에게는 아무것도 지급되지 않았다.

무엇보다 식수 부족이 문제였다. 급수차로 실어나르는 것으로는 어림도 없어서 군데군데 드러난 논바닥을 맨손으로 한 자 이상 파서, 거기에 고이는 흙탕물을 가라앉혀 마셨다. 그나마 그런 물이라도 얻어먹기가 힘들었다.

모든 게 엉망진창이었다. 이렇게 사는 게 사는 건가 싶을 때가 한두 번이 아니었다. 오로지 생존을 위해 버르적거리는 벌레와도 같았다. 거지 중에서도 최악의 거지 군상이 포로들이었다.

서울 육군 형무소에서 들은 말은 온데간데없었다. 포로들을 석방해 줄 기미는 보이지 않았다. 갈수록 암담해졌다. 언제 석방될지 아무도 몰랐고 고향에 보내 준다는 말은 점점 옛이야기처럼 아득해졌다. 누가 한 말인지 부산에 내려가 거기서 심사를 받고 석방될 것이라는 소문이 들렸다. 또 부산까지 가야 하는가.

통천 고저읍을 떠나 도대체 얼마나 걷고 또 걸었는지 다리가 몸에 붙어 있는 게 신기할 정도였다. 그나마 버틸 수 있었던 건, 혹시 형을, 아니 고향 사람이라도 만날 수 있지 않을까 하는 희망이 있었기 때문이다.

어느 날부터 작업 동원령이 내려졌다. 우리 소대도 작업장에 나갔다. 채석장 같은 곳에서 돌을 주워 운반하는 작업이었다. 열심히 돌을 나르고 있는데 바닷바람이 세차게 불어오더니 비가 오기 시작했다. 초겨울 찬비였다.

점심을 먹고 철수할 줄 알았는데 비바람이 몰아치는데도 작업은 계속됐다. 찬비는 금세 진눈깨비로 변했다. 곧이어 내 얼굴에서 눈물이며 콧물이 줄줄 흘러내렸다. 추위가 온몸을 파고들었다. 나는 덜덜 떨면서 돌을 날랐다.

문득 죽고 싶다는 생각이 들었다. 도대체 왜 이렇게 살아야 할까? 나는 왜 고향을 떠나야만 했을까? 왜 이 고생을 하며 짐승처럼 벌레처럼 살게 된 것일까? 도대체 왜?

모든 게 전쟁 때문이었다. 소련군이 들어오지 않았다면 전쟁이 일어나지 않을 수도 있지 않았을까? 해방이 되었다고 춤을 추던 어른들의 모습이 눈앞에 어른거렸다. 해방이 되자마자 소련군이 고저읍에 들어왔고, 마을과 학교에 소년단과 인민 해방 청년단이 조직되었다. 그러더니 목사가 형에게 멱살을 잡혔고, 교회가 없어졌다. 그때부터 세상은 거꾸로 돌기 시작한 게 아닐까?

고향 생각만 하면 미칠 것 같았다. 전쟁이 뭔지도 모른 채 이리저리 쫓기다 결국은 집에 돌아가지도 못하고 포로가 되었다. 이렇게 비참하게 살게 될 줄 누가 알았을까. 나도 모르게 눈물이 나왔다. 추운데 눈물이 나오니 더 추웠다.

11월 7일, 포로들은 다시 인천역에 집합했다. 인천역에서 지붕이 없는 화물 기차에 올랐다. 경비병들에게 물었다.

"이제 어디로 가는 거예요?"

"부산에 가서 심사를 받고 석방될 거다. 올해 성탄절은 고향에서 맞을 수 있을 걸."

성탄절이란 말에 나는 고향에 가도 교회는 다시 갈 수 없을 거라는 생각이 들었다. 형과 내가 성극을 하는 아이들을 끌어내고 풍선과 장식을 다 뜯어 버렸으니, 교회에서 오라고 한들 감히 어떻게 갈 수 있을까. 더구나 형은 목사의 멱살까지 잡았다. 나는 그 생각을 할 때마다 교회가 무서웠다. 하나님이 계시다면 나와 형을 절대 용서하지 않을 것 같았다.

"왜 부산까지 가야 해요?"

교회 생각을 털어내려고 다시 물었다.

"북한 전역을 수복하려면 시간이 좀 더 필요하니까. 괜히 지금 풀어 줘서 다시 인민군을 만들면 안 되잖아. 부산에선 잘 대해 주고 피복도 지급할 거다. 새 옷을 줄 거야."

경비병이 찢어진 내 옷을 보고 새 옷을 준다는 말을 강조했다. 다른 경비병이 실망스러운 내 얼굴을 보고 말했다.

"고향에 가고 싶겠지. 하지만 그건 전쟁이 완전히 끝나야 가능한 일이지."

나는 고향에 돌아갈 날만 기다리며 버티기로 했다.

부산 서면 제5수용소

1950년 11월 8일, 포로수용소라는 사회

이틀날 아침에야 부산의 동래역에 도착했다. 인천 수용소보다 더 엄중하게 철조망이 겹겹으로 쳐 있었다. 동래 수용소에서 이틀을 머물고 부산 시내로 나와 서면 제5수용소에 수용되었다.

도착하자마자 사진을 찍었다. 눈앞에서 번쩍하고 번갯불 같은 것을 터뜨렸는데 깜짝 놀라 눈을 감았다. 사진사가 눈을 뜨라고 했다. 얼굴 정면과 측면을 찍고 세밀한 신체 검사도 받았다. 군인들이 포로들의 사진과 신상 정보를 세세하게 기록했다.

사진을 찍은 다음에는 얼굴, 머리, 몸 전체에 DDT를 마구 뿌려댔다. 밀가루처럼 하얀 가루인 DDT는 강력한 살충제였다. 매캐한 냄새 때문에 기침이 나오고 숨이 막혔다. 수용소에는 빈대와 이와 벼룩이 많다고 했다. 밤에는 긁느라고 잠을 못 잘 정도인데 그 때문에 이곳에서는 아예 들어올 때부터 DDT를 뿌려 박멸시킨다고 했다. DDT 세례를 받은 포로들은 모두 밀가루를 뒤집어쓴 것처럼 몰골이 우스꽝스러웠다.

며칠 후 포로들에게 번호가 주어졌다. 내 번호는 46번이었다. 이제 부를 때도 번호로 부른다고 했다. 번호까지 붙이는 걸 보면 포로를 더 철저하게 관리하려는 게 틀림없었다.

내가 있는 수용소는 부산진역이 오른편으로 멀리 보이고 앞뒤로 산들이 올려다보이는 논바닥에 천막을 쳐 놓은 곳이었다. 바다는 보이지 않았다. 동남쪽으로 계속 가면 부산항이 나온다고 했다.

입소하여 천막에 배치된 첫날, 포로들 가운데서 대대의 무슨 감찰이니 경비니 중대장이니 하는 자들이 서너 명씩 다니면서 기를 잡았다. 정돈이 되어 있지 않거나 수런거리는 천막이 눈에 띄면 사정없이 몽둥이를 휘둘렀다. 그들은 천막에 들어와 의기양양하게 소리쳤다.

"여기 서울 출신 손들어 봐!"

약삭빠른 서울 출신들이 앞다투어 손을 들었다. 개중에는 눈치를 보며 슬그머니 손을 내리는 사람도 있었다. 그들은 손을 든 서울 출신에게 기세 좋게 물었다.

"너! 어느 학교 출신이야?"

그들은 학교, 동네, 나이 등을 묻고 유명 학교 출신부터 가려내 나이에 따라 소대장과 분대장으로 임명했다. 그리고 나서 일장 연설을 하고 가 버렸다.

"여기는 군대와 똑같다. 그러니 상급자의 명령에 복종하고 규율을 잘 지키도록!"

그렇게 해서 권력을 갖게 된 서울 깍쟁이들은 그들끼리 자신들의 지위를 군히고 힘을 키웠다. 소대장들이 하는 일이란 자기 천막 안에 수용된 포로들을 대표하여 포로 중대나 대대 본부에 대표 자격으로 다녀오는 일과 천막 안의 질서를 유지하는 일이었다.

소대장, 분대장, 서기들은 식사 당번도 하지 않았고 불침번이나 보초도 서지 않았다. 작업에도 동원되지 않았다. 그런데도 밥은 양껏 먹을 수 있었다. 그들은 늘 고봉밥을 먹었다. 그것이 무척이나 부러웠다.

포로들은 서로 학벌이며 출신 지역을 따졌다. 그렇게 해서

서로 파가 갈렸다. 치사했지만 이해는 갔다. 나부터도 고향 사람이라면 그저 반가웠으니 말이다. 하지만 지방 사람, 특히 강원도 산골이나 북한 먼 지역 출신들을 대놓고 괄시하는 건 이해할 수 없었다.

포로수용소는 하나의 특수한 사회였다. 정확히 말하면 군대와 다름이 없었다. 아침 여섯 시 반, 기상 신호가 울리면 아무리 추워도 천막을 걷어 올렸다. 곧바로 청소를 하고 자리를 정돈해야 했다. 그러고는 운동장에 나와 인원 점검을 하고 맨손 체조를 한 후 아침을 먹었다. 식사는 항상 부족했다. 먹어도 먹어도 배가 고팠다.

수용소 안에서는 어깨를 쫙 펴고 활보하는 사람을 찾아볼 수 없었다. 모두 거북이처럼 구부정하게 움츠리고 두 손을 소매에 끼고 어슬렁거렸다. 차차 질서가 잡히면서 담요와 작업복이 지급되었으나, 나는 한겨울에야 그것들을 겨우 얻을 수 있었다.

그곳은 바닷바람이 차가워 더 추웠다. 모두 몸을 움츠리고 어깨를 웅크리는 게 추위를 피하는 유일한 방법이었다. 아무리 추워도 노동을 해야 했다. 거의 매일 우리는 작업장에 나갔다. 수용소 뒷산에 올라가 돌을 주워 나르는 일이었다.

작업장에 가면 다른 천막 사람들과도 마주칠 수 있었다. 그러나 일하는 도중에는 말을 할 수 없었다. 나는 혹시나 아는 얼굴이 있을까 하는 마음에 항상 두리번거릴 뿐이었다.

1950년 11월, 작업장에서 만난 사람들

어느 날 형의 친구를 만났다. 우리 형과 함께 통천고에 다니며 문화협회 위원장을 하던 장수 형이었다. 1차 동원 때 형이랑 같이 동원되었는데, 그 형을 보자 나는 마치 우리 형을 만난 듯 너무나 반가웠다.

"장수 형, 나 민철이에요."

포로들을 감시하는 군인의 눈을 피해 옆에서 작업하면서 살짝 말했다. 그 형도 눈치를 보며 내게 물었다.

"태철이 동생 민철이? 너 언제 여기로 왔냐?"

"한 보름 됐어요. 그런데 우리 형 소식 알아요?"

"나도 몰라. 오래전에 후퇴하다가 헤어졌어."

그때 작업반장이 호루라기를 불었다. 나는 얼른 아무 일도 없었던 듯 일에 열중했다. 그러다가 조금씩 조금씩 그 형 옆으로 표나지 않게 이동했다. 그 형도 슬쩍슬쩍 내 옆으로 다가왔다.

"형은 언제 여기로 왔어요?"

"두 달쯤 됐어. 중공군이 유엔군을 밀고 내려온대. 난 대구에 있는 포로수용소에 있다가 여기로 왔어."

"우리 형이랑은 어디서 헤어졌어요?"

"황해도 백산 부근이었던 것 같아. 그때 우리는 쫓기면서 싸웠거든. 나는 낙오되어 고생고생하다가 포로가 되었어."

그때였다. 작업반장이 우리를 보고 소리쳤다.

"28번! 46번! 잡담 금지!"

우리는 몽둥이 세례를 당할까 봐 바짝 긴장했다. 다행히 더 이상 혼나지는 않았다. 운이 좋은 날이었다. 잘못 걸리면 매타작을 당할 수도 있었다.

그다음 날 작업장에서 또 다른 반가운 얼굴을 보았다. 내가 수합리에서 탈주한 지 이틀이 지난 밤에 만났던 친구였다. 그 친구는 어떤 농가에서 얼마 동안 벼를 베는 일을 거들어 주다가 국방군의 검색에 걸렸는데, 집주인과 함께 무조건 차에 실려 그 역시 인천을 거쳐 여기로 왔다고 했다. 내게도 농사일을 도와달라던 사람들이 있었는데, 수색대가 그 사람들도 다 잡아서 수용소로 보낸 모양이었다.

며칠 후였다. 돌을 나르다 미끄러져 그만 돌에 발을 찧고 말았다. 눈물이 쏙 빠지도록 아팠다. 감시병이 볼까 봐 엉거주춤 일어나긴 했지만 발가락이 아파 도저히 발을 디딜 수 없었다. 그때 내 옆에서 일하던 사람이 나를 부축해 주었다.

"고맙습니다."

"에휴, 괜찮겠니? 걸을 수 있겠어? 저 감시병은 인정사정 없는 사람이라 들키면 안 돼."

그날 감시병은 미군 백인이었는데 아주 거친 사람이었다. 나는 이를 악물고 일어나 돌을 주워들었다. 그 미군은 조금만 틈이 보이면 소총 개머리판으로 포로들을 후려치며 몰아세우는 사람이었다. 다행히 그 미군이 다른 쪽에서 담배를 피우고 있었다. 나를 일으킨 형이 소곤소곤 말했다.

"자, 내게 기대고 걸어. 표 안 나게."

그 형이 가벼운 돌을 내게 주고 자신은 무거운 돌을 들고서 내 쪽으로 몸을 기울여 주었다. 몸을 기대고 걷는데 그 역시 다리를 약간 절었다. 그때 감시병이 우리 쪽으로 오며 소리쳤다.

"허리, 허리, 렛츠 고우!"

다행히 나를 보고 하는 말은 아니었다.

"그런데 형도 다리를 다쳤어요?"

"난 오래되었어. 송악산 전투에서 하마터면 죽을 뻔했지. 그때 총상을 입었는데 제대로 치료를 못 받아서 한쪽 다리가 좀 짧아졌어. 지금은 아프지는 않아."

나는 송악산이라는 말에 너무 반가웠다.

"나도 송악산 근처에서 탈주해서 집으로 가다가 철원에서 경찰에게 붙잡혔어요."

"집이 어딘데?"

"강원도 통천이요."

그 포로가 갑자기 나를 유심히 살폈다.

"통천이라고? 통천 어디니? 나도 통천이야."

"저는 고저읍이요. 형은요?"

"난 통천 안산인데. 아유, 반갑다. 난 고등학교 3학년 때 1차로 동원되었어."

1차 동원이라는 밀에 또 우리 형이 생각났다.

"저는 3차로 동원되었어요. 우리 형이 1차로 동원되었는데 혹시 형 아세요? 이름이 박태철인데."

"박태철? 글쎄 들은 것도 같고 잘 모르겠다. 평양까지 가서 새로 부대를 편성했으니까."

감시병 때문에 대화는 오래가지 못했다. 발은 여전히 아팠지만 그 형 덕분에 들키지 않아 다행이었다. 그날 작업을 끝내고 헤어지면서 그 형이 말했다.

"또 보자. 다친 곳 조심하고."

"네. 형 고맙습니다."

이튿날 작업을 나가서 그 형을 찾았지만 다른 데로 작업을 나갔는지 보이지 않았다.

그날 감시병은 미군 흑인이었다. 그 흑인이 한쪽 다리를 절룩거리며 돌을 나르는 나를 불렀다. 바짝 긴장하고 가까이 다가갔더니 내 발을 손으로 가리키며 뭐라 말했다. 내 발에 상처를 본 흑인이 나에게 일을 그만하라는 것 같았다. 오라고 손짓을 하기에 따라갔더니 껌과 초콜릿을 주었다. 얼마나 고마운지 몰랐다. 고맙다는 인사로 땡큐! 땡큐! 하면서 받아먹었다.

그날 받은 초콜릿은 얼마나 맛있는지 입안에서 살살 녹았다. 그때부터 겉보기에는 피부도 까맣고 거칠어 보이는 흑인이지만 마음은 따뜻한 사람이라는 걸 알았다. 나를 지켜본 경상도 출신 포로가 말했다.

"저 깜둥이가 생긴 건 우락부락해도 너한테 하는 거 보니 인정이 많네. 그렇지?"

나도 고개를 끄덕였다. 험상궂은 인상과는 상관 없이 인간미가 물씬 풍기는 사람이었다. 경비병인 국방군 병사 중에서도 우리에게 동정적인 사람이 있는가 하면, 아주 못살게 구는 사람도 있었다.

작업장에 오갈 때면 때때로 경비병의 묵인 아래 잡상인들이 드나들었다. 포로들은 돈이 없어서 배급받은 미제 셔츠나 바지로 잡상인들과 물물교환을 했다. 주로 떡이나 담배, 엿 등과 바꿨는데, 포로들로서는 엄청난 손해였지만 먹고 싶은 걸 먹으려면 그 방법밖에는 없었다.

담배는 아주 귀한 것이라서 어떤 사람은 담배 한 개비를 한 끼 식사와 바꾸기도 했다. 나는 그런 사람들을 보며 담배를 배우지 않아 참 다행이란 생각이 들었다. 그게 뭐라고 배까지 곯다니 담배야말로 마약과 같구나 하는 생각이 들었다.

포로들에게 행운을 준 것은 그다음 작업장이었다.

기발한 도둑질

1950년 11월, 보급품 상자를 나르다

어느 날부터 돌 나르기에서 하역 작업으로 바뀌었다. 하역 작업을 시작한 첫날 포로들은 인솔자를 따라 바닷가 선착장으로 나갔다. 커다란 수송선이 부두에서 멀리 떨어진 곳에 정박해 있었다. 배가 워낙 컸기 때문에 수심이 얕은 부두 가까이에는 들어올 수 없었던 것이다.

수송선은 군인들을 위한 보급 물품을 가득 싣고 있었는데, 전마선이 그 물품을 내려받아 항구로 날랐다.

포로들이 하는 일은 전마선이 수송선에서 받아 온 물품을 육지에 내리는 일이었다. 하역장에 도착한 포로들은 모두 활기를 띠었다. 하역 작업이 특별한 보수가 있는 일은 아니었지만, 보급품 상자를 나르는 일은 굶주린 포로들에게 그야말로 그림으로라도 떡을 맛보는 일이었기 때문이다.

포로들은 주간과 야간으로 조를 나눠 교대로 보급품 상자를 날라다 각각 지정된 장소에 쌓거나 차에 실었다. 상자 안에는 식품과 의복 등이 들어 있었다. 식품 상자에는 감자, 고구마, 토마토 같은 채소류와 파인애플과 같은 과일 통조림, 정어리, 고등어와 같은 생선 통조림, 육류 통조림 등이 가득 들어 있었다.

그뿐만이 아니었다. 설탕이나 소금이 가득 들어 있는 광목 포대도 있었다. 조미료나 미군의 전투 식량인 C-레이션 상자도 있었고, 과자며 초콜릿, 껌과 드롭프스 사탕 등 생전 처음 보는 간식들이 든 상자도 있었다. 음식뿐 아니라 옷이나 나침반, 만년필, 시계 같은 물건이 그려진 상자도 있었다. 만물상이 따로 없었다.

포로들은 상자를 들고 숫자가 쓰인 푯말이 있는 곳으로 갔다. 1번 푯말 앞에는 채소 상자를, 2번 푯말 앞에는 생선 통조림 상자를 놓는 식으로 상자들을 옮기는 작업을 반복했다.

부두에서 일하는 포로들도 있었는데, 그들은 배에서 상자를 순서대로 꺼내 운반하는 포로에게 건네주었다. 그러면 운

반하는 포로들이 상자를 어깨에 지고 폿말 앞으로 이동하는
것이었다. 나는 상자를 건네받을 때마다 어떤 물건을 받게 될
지 은근히 기대되었다. 가장 인기 있는 보급품 상자는 설탕
포대와 과일 통조림 상자, C-레이션 상자였다.

어느 날, 체격이 큰 포로 박 씨가 야간 작업 때 나를 불렀
다. 그는 보급품 미제 셔츠를 잡상인에게 넘겨주고 자주 떡과
바꿔먹는 사람이었다. 광목 포대를 운반하던 중이었는데, 박
씨가 폿말 쪽으로 가지 않고 갑자기 어두운 곳으로 숨어들
듯 뛰면서 나를 불렀던 것이다.

"야, 빨리 이리 와!"

나는 상자를 내려 놓고는 영문도 모른 채 조심조심 뛰어갔
다. 박 씨가 어디서 났는지 못으로 포대를 찢고 있었다. 포대
에 구멍이 나자 손을 넣어 하얀 가루를 한 움큼 입안에 급히
털어 넣었다. 그러더니 순간 캑캑거리며 손과 입을 털어내느
라 야단이었다.

그때 어디서 나타났는지 감시병이 손전등을 비추었다. 나
는 얼른 피했다. 감시병이 그에게 소리쳤다.

"이 새끼 뭐 하는 거야?"

박 씨는 소금을 뱉어내느라 말도 못했다. 그는 그 포대가

설탕 포대인 줄 알고 구멍을 내자마자 맛도 보지 않고 내용물을 입에 한 주먹이나 급히 넣은 것이었다. 설탕 포대와 소금 포대는 똑같은 광목천으로 되어 있었고, 크기와 색깔도 똑같았다. 포대에 적힌 영어 단어의 철자만 다를 뿐이었다.

물건을 나르던 사람들이 순식간에 모여들었다. 나도 그 틈에 끼어 조마조마한 마음으로 구경했다. 감시병이 그 포대에서 소금을 한 줌 꺼내더니 박 씨의 입에 억지로 우겨넣었다.

"너, 잘 걸렸다. 이 소금 아주 깨끗이 먹어치워. 알겠어? 한 톨도 남기지 말고 다 먹으라구!"

구경하던 포로들이 키득키득 웃었다. 박 씨는 잘못했다고 두 손을 비벼댔다. 나는 중학교에서 잠깐 동안이나마 영어를 배운 적이 있어 알파벳은 읽을 줄 알았다. 그래서 보급품 상자를 보면 그 안에 무엇이 들었는지 정도는 파악할 수 있었다. 하지만 영어를 전혀 모르는 포로들은 박 씨처럼 설탕과 소금을 구분하지 못해 때때로 낭패를 보았다.

설탕을 훔쳐먹다가 미군 감독관인 GI(미군 병사를 속되게 이르는 말)에게 걸리면 큰일이었다. 성질이 사나운 GI들은 포로를 개처럼 쓰러뜨리고 발로 밟고 때리기도 했다.

하역장에서 보급품을 나르면서 포로들은 재량껏 상자 속

물건들을 훔쳐서 물물교환을 했다. 같은 일을 반복하다 보니 아무리 무식한 사람이라도 상자 안에 무엇이 들어 있는지 알게 됐다. 상자에 쓰인 영어 단어를 글자로 읽을 수는 없어도 그림으로 익히게 되기 때문이다. 그런 까닭에 은밀한 거래가 독버섯처럼 돋아나기 시작했다.

포로들의 도둑질 기술은 날이 갈수록 기발해졌다. 물건을 등에 올려 주는 사람과 그 물건을 등에 지고 옮기는 사람 사이에 일종의 비밀이 형성되었다.

부두에서 일하는 포로가 과일 통조림과 같이 인기 있는 물건이 든 상자를 골라서 주면, 그것을 옮기는 포로가 감시하는 GI의 눈을 피해 돌에 걸려 넘어지는 척하면서 상자를 땅바닥에 힘껏 내동댕이쳤다. 그러면 상자 안에 든 통조림들이 쏟아져 내렸다. 그렇게 땅바닥에 나뒹구는 통조림을 옆에 있던 포로들이 얼른 몸에 숨기는 것이었다.

재수가 좋으면 버터나 토마토 주스 통조림을 챙길 수도 있었고, 때로는 별로 맛도 없는 감자 통조림만 잔뜩 챙기기도 했다. 그렇게 챙긴 물건들은 은밀하게 나눠 부두에서 물건을 건네준 포로와 넘어지는 연기를 한 포로에게 전해졌다.

부두 작업장에서 가장 좋은 자리는 뭐니뭐니해도 C-레이션 상자를 쌓는 곳이었다. C-레이션 통 안에는 육포에서부터 땅콩잼, 비스킷, 콩, 햄, 버터, 건빵, 말린 과일, 껌에 커피까지 영양을 고루 갖춘 다양한 음식이 들어 있었다. 그래서 C-레이션 하나만 있으면 한 끼 식사가 충분했다. 게다가 가벼웠기 때문에 그것은 포로들에게 최고의 인기 품목이었다.

반면 가장 인기가 없는 자리는 감자 통조림이나 소금 포대를 쌓는 곳이었다. 그곳에 배치된 포로들은 눈치껏 도망쳐 다른 곳에서 일하곤 했다. 나중에는 GI가 아무나 붙잡아다 거기서 일을 하게 했는데, 아무리 그렇게 해도 GI가 잠시만 자리를 비우면 포로들은 인기 좋은 품목이 있는 곳으로 쏜살같이 도망치곤 했다.

또 의류 상자를 쌓아 둔 곳에서는 대여섯 명이 가림막 역할을 해 주면, 서너 명이 얼른 겉옷을 벗고 상자 속에서 꺼낸 셔츠나 바지, 속옷을 안에다 무작정 껴입었다. 잽싸게 속에다 껴입는 방식으로 빼돌리는 데는 다 그만한 이유가 있었다. 상자 속 의류의 표면에는 앞가슴, 뒷등, 엉덩이 양쪽, 무릎과 종아리에 각각 'PW'라는 포로 표시가 있어 겉에 입으면 금세 걸렸기 때문이다.

옷 상자를 나르는 곳에는 항상 사람이 많았다. 옷을 빼돌린 포로들이 정보를 주었기 때문에 기회를 잡으려는 포로들은 재빠르게 그쪽으로 가서 대기하고 있었다.

어느 날 나는 운 좋게도 통조림 상자를 나르게 되었다. 야간 작업이었는데, 그동안 다른 포로들이 통조림 상자를 내동댕이치는 걸 봐 왔기에 그대로 흉내를 내기로 했다.

상자는 내 체격에 비해 꽤 크고 무거웠다. 일부러 넘어지는 척하려고 했는데 그만 그대로 넘어지고 말았다. 힘이 있어야 상자를 힘껏 내동댕이치는데 내가 먼저 넘어져 버렸으니 마음뿐 몸이 따라 주지 않았다. 그래도 상자 모서리에 있던 복숭아 통조림 두어 개가 터져서 얼른 입을 대고 빨아먹었다.

그때 GI가 내 모습을 보고는 달려왔다. 나는 잔뜩 겁을 먹었다. 그런데 예상과 달리 그는 나에게 통조림을 뜯어 주면서 말했다.

"유 매니 매니 헝그리?"

그가 손으로 많이 먹으라는 시늉을 하면서 공포에 떠는 나를 안심시켰다. 참으로 인정 많은 사람이었다. 그러나 대부분의 GI는 아주 나쁜 사람들이었다. 포로들도 물건을 빼돌리다 걸려서 벌을 받으면서도 그 일을 반복하는 경우가 많았다.

1950년 12월, 포로수용소의 폭군

박 씨가 설탕 포대를 훔치다 세 번째로 걸린 날이었다. GI가 국방군 경비병을 대동하고는 포로들을 불러모았다. 상자를 나르던 포로들이 모두 모였다. GI가 박 씨를 가운데 두고 포로들에게 둥그렇게 원을 만들라고 하더니 가운데 서 있는 박 씨에게 옷을 벗으라고 손짓했다. 박 씨가 머뭇거리며 옷을 벗었다. 그러자 GI는 박 씨가 뜯은 설탕 포대를 확 뜯어 젖히며 뭐라 소리쳤다. 경비병이 그의 말을 통역했다.

"자, 이제부터 이 설탕을 저놈에게 머리부터 발끝까지 뿌린다. 한 톨도 남김없이, 온몸을 설탕 덩어리로 만들 때까지 뿌리도록!"

그가 시키는 대로 포로들은 설탕을 박 씨의 알몸에 마구 뿌렸다. 그 덕분에 설탕을 조금씩 먹을 수 있었다. 어느새 박 씨의 온몸이 하얀 설탕으로 뒤범벅됐다.

잠시 후 GI가 그에게 다가서더니 설탕 포대에 조금 남은 설탕을 그의 머리 위에 부으며 말했다. 경비병이 살벌한 느낌을 살려 계속 통역을 이어갔다.

"이 새끼야, 온몸으로 설탕을 먹어 보니 맛이 어떠냐?"

GI는 계속해서 박 씨를 막대기로 툭툭 때리며 밀쳤다. 박 씨는 알몸으로 이리저리 밀려다녔다.

"이번에는 더 맛있는 걸 먹게 해 주마. 이리 와, 인마!"

GI가 박 씨를 부둣가로 데려갔다.

"너희들도 다 따라와! 혼자 보기 아까운 구경을 시켜 주겠다."

부둣가에는 배에서 나온 기름과 흙이 범벅이 되어 시커먼 흙이 항상 질척질척했다. GI가 박 씨를 진흙 바닥에 누우라고 했다. 박 씨가 두 손을 비비며 빌었다.

"다시는 안 훔칠게요. 살려 주세요."

"누가 널 죽인댔어? 뭘 살려 달래? 어서 여기 누우란 말야!"

박 씨가 시키는 대로 진흙 바닥에 누웠다.

"지금부터 구른다. 멈추면 이 막대기가 가만두지 않을 거야! 알겠나?"

설탕 범벅이 된 박 씨가 진창에서 쉬지 않고 데굴데굴 굴렀다. 나는 차마 바로 볼 수가 없었다. GI는 그런 모습을 보면서 즐기고 있었다. 포로는 인격도 없는 존재 같았다.

그토록 심하게 단속을 하는데도 기가 막히게 물건을 빼돌리는 포로가 많았다. 중식이나 야식을 먹을 때면 일단 몸을 수색하고 한곳에 모여 열을 지어 식사를 했는데, 밥을 먹고 난 자리에는 으레 고기나 생선 통조림 깡통들이 나뒹굴었다.

국방군 경비병들은 포로들의 도둑질을 눈감아주고, 포로들은 자신들이 빼낸 물건들을 경비병들에게 상납했다. 그래서 경비병들은 알아도 모른 척 방관하면서 이익을 챙겼다.

야간 작업이든 주간 작업이든 작업이 끝나면 철저하게 몸을 수색했다. 그런 와중에 어떻게 가지고 나왔는지 수용소 안에는 양담배를 비롯하여 각종 통조림과 옷가지가 항상 돌아다녔다. 그런 일은 아마 경비병들의 협조가 없었다면 불가능했을 것이다.

전염병

1950년 11월, 어떤 죽음

비가 오는 날은 작업에 동원되지 않았다. 그럴 때 천막 안에서의 생활은 비교적 자유로웠다. 가끔 노래자랑을 하기도 했고, 주로 잠을 자거나 이런저런 이야기를 하며 지냈다. 때로는 전투 경험을 얘기하기도 했으나 누구든지 그런 이야기는 하기 싫어했다. 포로로 잡혔으니 아무리 자랑스러운 전투였을지라도 거기서는 내세울 게 못 되었다.

내가 있던 포로 소대에는 인민군 군악대에 있던 자가 있었는데 그는 곧잘 행진곡을 입으로 불러대곤 했다. 서울 출신 의용군들의 으스대는 자기 자랑은 딱 질색이었다.

밤에 잠자리에 들 때는 모포로 된 침낭 안에 들어가 잤는데 24인용 천막에 쉰 명이나 수용되고 보니 한쪽에 스물다섯 명씩 마치 정어리 통조림 속의 정어리처럼 가지런히 배열되어 자야만 했다. 소대장이나 분대장은 대여섯 명이 열 명이나 잘 수 있는 자리를 차지했다. 그래서 다른 포로들은 더 차곡차곡 엮여 자야 했는데 그 덕분에 추위는 좀 견딜 수 있었다.

그해 겨울에 새로 온 포로가 있었는데 어디서 많이 본 얼굴이었다. 나보다 나이가 많아 보였다. 나는 기회를 봐서 말을 걸었다.

"형, 고향이 어디에요?"

다짜고짜 묻는 내게 그가 물었다.

"너 혹시 평양 제2중학교에서 내 옆에 있던 고저읍?"

"맞아요, 형. 어쩐지 눈에 익었는데. 반가워요."

"야! 반갑다. 넌 어디서 붙잡힌 거니, 아니면 전투하다가 포로가 되었니?"

"저 탈주병이었어요. 고향에 거의 다 갔는데 철원에서 그만."

그 형의 이름은 춘배였다. 춘배 형도 탈주하다가 잡혔다고 했다. 전투를 하다 잡힌 포로들은 당당했고, 나처럼 탈주하다 잡힌 포로들은 자기 얘기를 별로 하지 않았다. 그렇지만 그 형에게는 솔직하게 말했다.

춘배 형과 나는 여름까지 아주 친하게 지냈다. 형은 아주 착한 사람이었는데 고향에 늙은 부모님을 두고 와서 항상 부모님 걱정을 했다.

"난 막내였어. 그런데 내 위로 셋이나 되는 형들이 다 어릴 때 죽었어. 그래서 나를 끔찍하게 사랑했는데…… 우리 부모님은 아마 내 걱정하느라 많이 늙으셨을 거야."

춘배 형은 부모님 생각을 할 때마다 눈시울을 붉혔다. 나도 그때마다 함께 울었다. 나도 막내였기에 부모님 생각이 더 간절했다.

어느 날 형이 배탈이 났다고 했다. 설사를 계속하면서 아무것도 먹지 못했다. 나는 야간 하역 작업에 나갔다가 초콜릿을 구해 와 형에게 주었다.

"형, 이거라도 먹고 어서 기운 차려요."

"고마워. 그런데 이렇게 설사를 오래 한 적이 없는데. 설사약을 먹었는데도 아무 소용이 없네."

춘배 형은 점점 더 기운을 잃었다. 나중에는 탈수 증세로 축 늘어져 일어나지도 못했다. 나는 그 후에도 복숭아 통조림을 얻어다 형에게 주었다. 그런데 아무것도 먹지 못했다.

"형, 수용소에서 준 약은?"

"그거 아… 안 들어. 민철아, 나… 나 죽으면 우리 부모님 어떡… 하니?"

형이 간신히 말을 이었다. 나는 형의 손을 꼭 잡고 말했다.

"형, 안 죽어요. 괜찮을 거에요. 내가 경비병한테 좋은 약 좀 달라고 할게요, 형!"

나도 모르게 목이 메었다. 형의 손을 잡고 있는데 손의 힘이 점점 약해졌다.

"형! 기운 내요. 죽으면 안 돼. 이대로 죽으면 너무 억울하잖아요."

눈물이 마구 나왔다. 그 이튿날도 춘배 형은 축 늘어져 있었다. 나는 작업을 나가면서 형의 귀에 대고 말했다.

"형, 경비병한테 말했어요. 나 일하고 올게요."

그날 일을 마치고 돌아왔더니 형이 보이지 않았다. 병원에 실려 갔다고 했다. 그 후 춘배 형을 다시는 볼 수 없었다.

수용소 안에 이질이 삽시간에 퍼졌다.

며칠 동안 포로들이 변소에 쉴 새 없이 다니기 시작하더니 얼굴이 반쪽이 되고 기운을 잃어갔다. 그들 중 상당수는 밤을 지내고 나면 시체로 변해 몸이 빳빳하게 굳어 있곤 했다. 춘배 형을 필두로 전체 수용소에서 하루 이백여 명이 이질에 걸려 열차 화차와 같은 트레일러 두 대에 실려 나갔다.

우리 천막에서도 몇 명이 죽어 나갔고 많은 환자가 입원했다. 수용소는 전염병이 퍼지기에 안성맞춤인 공간이었다. 항상 배가 고파 환자가 먹다가 남은 밥을 게걸스럽게 먹어댔고, 좁은 공간이라 접촉을 하지 않을 수가 없었으며, 변소 하나를 수백 명이 같이 썼고, 매일 차갑고 더러운 땅바닥에 누워서 잤다. 개인 위생을 절대 챙길 수 없는 장소였다.

예방 조치라고는 식기 소독이나 DDT를 뿌리는 일이 고작이었다. 나는 다행스럽게도 이질에 걸리지 않았다. 춘배 형을 간호하며 바로 옆에 있었는데도 걸리지 않은 게 신기할 정도였다. 전염병은 다행히 날씨가 추워지면서 멈췄다.

1951년 3월, 사라진 희망

성탄절이면 석방된다던 기대는 여지없이 무너졌다. 그 다음해 겨울은 무척 추웠다. 부산에는 눈이 내려 땅에 쌓이는 일이 드물다는데, 1951년 겨울에는 눈발이 제법 날렸고 신발 자국이 날 정도로 눈이 쌓였다.

봄이 되자 남한에서 동원된 인민의용군 출신 포로 중 일부를 석방한다는 소문이 돌았다. 인민군 포로와 관련해서는 아무 소식도 없었다. 서울에 가면, 인천에 가면, 부산에 가면 석방시켜 준다고 했지만 모두 거짓말이었다. 희망이 사라졌다. 나는 그저 하루하루 시간을 때우는 포로였다. 이제 어떤 말도 곧이곧대로 듣지 않기로 했다.

그러던 어느 날 다시 기대를 갖게 되었다. 모든 소지품을 챙겨서 모이라는 방송이 나왔던 것이다. 이제야 집에 가게 되는구나 하며 설레는 마음으로 소지품을 챙겼다. 말이 소지품이지 챙길 만한 물건도 없었다.

모두 모여 있는데 임시 수용소로 옮겼다가 거제도로 간다고 했다. 실망이 이만저만이 아니었다. 임시 수용소는 어디고 거제 수용소는 어딜까. 도대체 수용소를 몇 군데나 거쳐야 하는 걸까.

임시 수용소에서는 밤낮없이 폭음을 울리며 떠다니는 비행기들이 보였다. 수용소 부근에 부산 수영 비행장이 있었다. 어딜 가나 수용소는 논바닥에 천막을 친 곳이었다. 논바닥에서 올라오는 습기를 막을 수가 없었다. 자고 일어나면 몸이

천근이나 되는 듯 무거웠다. 바닥에 우비를 몇 겹씩 깔아도 습기는 여전했다.

인민의용군

1950년 7월, 남한의 도시들을 점령한 북한군은 만 18세부터 36세까지의 주민을 동원 대상으로 하는 동원령을 선포했다. 이에 따라 수많은 의용군이 모집되어 서울 등 주요 도시에 설치된 훈련소에서 단기 훈련을 받고 전선에 투입되었다. 북한은 의용군을 모집하기 위해 당시 남한에서 활동하던 노동, 청년, 학생, 여성 단체들을 적극적으로 활용했다. 이 단체들이 주도한 각종 군중대회와 궐기대회를 통해 많은 이들이 의용군에 지원하거나 강제로 동원되었다.

- 한국민족문화대백과사전(http://encykorea.aks.ac.kr) 참고

거제도 포로수용소

1951년 8월, 수용소를 짓다

1951년 8월, 93수용소에 입소하자마자 모진 노동에 시달렸다. 다른 곳에서는 돌을 주워 나르거나 물건을 나르는 일이었는데, 이곳에서는 수용소를 자체적으로 건설하는 작업을 해야 했다.

거제 수용소로 이동해서 첫 번째로 한 일은 수용소가 들어설 땅을 고르게 하는 작업이었다. 수용소도 짓기 전에 포로들을 수용해 그들이 살 곳을 직접 짓게 한 것이다.

두 번째로 한 일은 흙과 벽돌로 막사가 될 건물을 올리는 작업이었다. 건물을 올리면서 포로 석방은 헛된 꿈이 아닐까 하는 불안감이 엄습했다. 도대체 이 전쟁이 언제 끝날 것인

가. 모든 게 막막하기만 했다.

수용소를 새로 짓는 작업을 하는 동안 무더위가 기승을 부렸다. 식수가 제대로 공급되지 않아 목이 타들어가는 것 같았다. 시원한 물을 마음껏 마시는 게 소원이었다. 물이 부족하니 작업을 하다 쓰러지는 포로들이 생겼다.

거제도 수용소로 이송된 후로는 고향으로 돌려보내 준다는 말을 한 번도 듣지 못했다. 수용소에서는 건물 공사에 더해 작은 저수지를 만드는 공사를 시작한다고 했다. 식수 문제를 해결하기 위해서였다.

저수지 공사를 위해 지대가 높은 산에 올랐다. 수용소 천막들이 계곡을 따라 설치되어 있어 그날에서야 수용소 전체를 내려다볼 수 있었다. 나는 수용소 천막들이 엄청나게 많은 걸 보고 깜짝 놀랐다. 전쟁 포로들이 그토록 많은 줄은 처음 알았다. 건너편 산허리에는 수용소 본부와 경비대 막사들도 보였다.

저기 어딘가에 내 친구들도 있지 않을까. 형도, 재환이도, 수많은 천막 막사 어디쯤에서 나를 그리워하고 있지 않을까. 당장이라도 내려가 수많은 천막을 돌면서 형을 찾아보고 싶었다.

입구 쪽에는 좀 큰 천막이 보였는데, 그 천막 지붕에는 빨간색 적십자 표시가 커다랗게 새겨져 있었다. 그곳은 부상병들의 막사라고 했다. 엄청난 수의 천막들과 벽돌로 새로 짓는 막사들, 저수지 부지를 바라보니 포로들을 장기간 수용할 계획이라는 게 눈에 확 들어왔다. 이제 고향으로 돌아가기란 가망없는 일이라는 게 느껴졌다.

막사 건축 공사가 끝난 후 포로들은 8개 대대로 분리되었고, 각 대대마다 이중 철조망이 설치되었다. 이중 철조망 사이에는 원형 철조망을 무섭게 깔아 놓았다.

우리는 무슨 영문인지 몰라 불안하기만 했다. 그 즈음부터 휴전에 대한 이야기가 나왔다. 인민군대는 전쟁을 일으켜 금방 남조선을 해방시키고 남반부 인민들을 구출한다고 떠들었지만, 결국 전쟁 이전의 삼팔선을 사이에 두고 원점으로 돌아간 것이다.

모든 게 전쟁을 일으킨 김일성 때문에 생긴 일이었다. 전쟁이 없었으면 포로도 없고 포로수용소도 필요 없을 텐데, 도대체 언제까지 이런 생활을 계속해야 하는지 앞날이 불안하기만 했다.

수용소의 포로들 사이에서는 파벌이 생기기 시작했다. 김일성을 찬양하는 적색 포로와 이승만을 지지하는 우익 포로와 이쪽도 저쪽도 아닌 파로 갈려서, 서로를 끌어들이기 위한 기세 싸움이 점점 심각해졌다.

내가 있었던 93수용소 바로 옆 92수용소와 95수용소에는 완전히 적화된 포로들이 많았고, 94수용소에는 중립적인 포로들이 많았다. 적색 수용소에서는 포로들이 인민공화국 국기를 게양하고 수용소를 관리하는 유엔군들의 출입도 막는다고 했다. 거제도에 작은 인민공화국이 생긴 것이었다.

93수용소 포로들이 작업을 나갈 때면 92수용소 옆을 지났는데, 그곳 포로들은 작업 동원을 거부한 채 머리에 인공기를 두르고 철조망 주위에 쭉 늘어서서 구호를 외쳤다. 그뿐만이 아니었다. 93수용소에 우익 포로가 많다는 걸 알고는 우리에게 철조망 근처에 주워모아 두었던 돌을 던져댔다. 작업을 나가다 말고 투석전이 벌어질 때도 있었다.

점점 더 양극이 대결로 치달았다. 93수용소 내에서도 서로 간에 이념 논쟁을 벌이다가 격한 몸싸움을 하는 일이 종종 벌어졌다. 잠을 잘 때면 파벌끼리 싸우는 소리가 시끄럽게 들렸다. 왜 수용소 안에서까지 좌파니 우파니 파가 갈려서 서로 피를 흘리며 싸워야 하는 것인지 이해할 수가 없었다.

'우리는 모두 불행한 처지의 포로들인데 서로 평화롭게 동정하며 살아가야 하는 게 아닐까? 도대체 왜 저럴까?'

아무리 생각해도 나는 뭐가 뭔지 판단할 수가 없었다. 잠을 제대로 못 자고 희망을 잃어서 그런지 배는 고픈데 음식을 먹으면 소화가 되지 않았다. 식사 시간이 되면 양이 적어서 포로들은 대부분 밥을 물에 말아서 양을 늘여 먹었다. 나도 그랬는데 그래서 그런지 어느 날부터 배가 더부룩하고 소화가 되지 않았다. 나중에는 밥을 보면 겁부터 났다. 배가 아프면 모든 게 고통스러웠다.

1951년 9월, 기적같은 만남

어느 날 배가 너무 아파 수용소 내에 설치된 간이 진료소에 가게 되었다. 차례가 되어 들어갔다가 나는 깜짝 놀랐다. 진료를 하고 있던 의사가 굉장히 낯익었기 때문이다. 그는 우리 동네 구세 병원에서 약국장을 하던 선생이었다. 나는 얼마나 반가운지 몰랐다.

"선생님, 저 민주 누나 동생 민철이에요."

선생은 처음에는 나를 알아보지 못했다.

"우리 누나가 구세 병원에 다녔잖아요? 박민주요."

그제야 선생도 깜짝 놀라 나를 반겼다. 나는 누나와 고향 소식이 배아픈 것보다 더 궁금했다.

"선생님은 언제 여기로 오셨어요?"

"강제로 동원되었다가 전쟁터에서 포로로 붙잡혔어."

"세상에. 선생님도 강제로 동원되었어요? 우리 누나는요?"

"네 누나는 나보다 먼저 동원되었지. 여맹인가 뭔가에서 동원해갔어. 젊은 사람들은 여자든 남자든 다 동원되었어."

나는 가슴이 철렁 내려앉았다. 부모님 생각에 가슴이 쓰렸다. 형도, 나도, 누나까지도 다 동원되었다는 말이었다.

"선생님, 그러면 우리 동네 애들도 다 동원되었어요?"

"그럼. 다 끌어갔지. 다들 살았는지 죽었는지……. 어린애들까지 다 끌어갔어."

재환이도 어딘가로 끌려간 게 분명했다.

"혹시 우리 부모님 소식 아세요?"

"민주 동무가 끌려간 후에 너의 어머니가 병원에 오셨었어. 너무 걱정하셔서 그런지 얼굴과 몸이 반쪽이셨지."

나는 궁금한 게 너무 많았다. 그러나 사적인 이야기를 나눌 시간이 없었다. 진료를 대기하고 있던 사람들이 끝도 없이 많았기 때문이다. 선생도 나도 아쉬웠지만 다음에 또 이야기하기로 하고 약만 타가지고 나왔다.

그 선생을 만난 후 소화 불량은 더 심해졌다. 설핏 잠이 들면 부모님이 나를 향해 울부짖으며 손짓하는 모습에 화들짝 놀라 깨곤 했다. 소화와 마음 상태가 직결된다는 걸 그때 확실히 알 수 있었다. 배만 아프고 무지근하던 증상이 부모님과 누나의 소식을 들은 후로는 명치끝을 찌르는 것처럼 아팠다. 소화제를 아무리 먹어도 여전히 소화가 되지 않았다.

그래도 간이 진료소에 가서 진료를 받는 동안 그 선생과 고향 소식을 나눌 수 있어서 다행이었다. 좀 한가한 날, 선생은 부상병 수용소에서 겪었던 끔찍한 경험들을 말해 주었다.

"그곳에 있을 때는 끔찍했어. 전쟁터에서 동상에 걸린 포로들이 엄청나게 많아. 상처를 제대로 치료하지 못하니 추위에 상처가 얼어서 썩어들어가기 시작하면 무조건 다리를 절단했어. 부상병 수용소의 절반은 한쪽 다리가 없는 사람들이라고 해도 과언이 아니야. 지난 겨울에도 동상에 걸려 다리와 손, 어떤 사람은 팔을 절단하는 수술을 했지. 그곳에 있을 때는 멀쩡한 사람이 오히려 이상힐 정도였어."

선생의 말을 들으니 나도 추위 때문에 고생했던 게 생각 났다.

"그나저나 선생님은 어떻게 동원되었어요?"

"말도 마라. 유엔군이 북진하면서 통천에서도 전투가 치열했어. 구세 병원에도 부상병이 몰려들었지. 하지만 할 수 있는 게 별로 없었어. 전쟁을 일으켜 아수라장인데 약이 있나, 사람이 있나? 겨우 소독약이나 발라 주고 그냥 죽어가는 걸 바라보는 수밖에 없었어."

"고저읍에서도 전투가 심했어요?"

"너 마음 아플까 봐 말할까 말까 망설였는데, 서울 수복 후에 인민군 패잔병들이 고저읍에 진을 치고 있었어. 매복해서 북진하는 유엔군을 기습했지. 그러나 유엔군의 화력이 워낙 세니까 반격을 당했어. 그때 고저읍 일대가 완전히 초토화되었지. 너희 어머니도 피난을 하다가 인민군대가 쏜 총에 복부 관통상을 입으셨어. 죽다 살아나셨지. 나도 그때 인민군들을 치료해 주다가 포로로 잡혀 여기까지 온 거야."

선생의 말을 듣고 어머니 소식에 순간 숨이 멎는 듯했다.

"우리 엄마…… 치료는 제대로 받았어요?"

"다행히 상처가 덧나지 않고 아물긴 했지. 아마 그때 사고

222

로 여러 곳에 상처를 입어서 이전처럼 건강하시진 않을 거야. 그 후는 나도 몰라."

나는 잠시 마음을 가다듬었다.

"저는 송악산에서 탈주해서 집으로 가던 중에 붙잡혔어요."

"이런 말 하기는 그렇지만 너도 집에 안 가길 잘했는지 몰라. 동네가 아주 쑥대밭이 되었거든. 온전한 집도 별로 없었어. 다 폭격으로 파괴되었지. 인민군 패잔병들이 하필 고저읍에 진을 치고 유엔군의 북진을 막으려고 했던 게 화근이었어. 패잔병 중에 열성분자들이 많았다는데 그때 고저읍 출신들도 전투로 많이 죽었대. 시신 수습도 제대로 못했을 거야."

열성분자라는 말에 다시 가슴이 철렁 내려앉았다. 어쩌면 그 중에 우리 형이 있었을지도 모를 일이었다. 차마 선생한테 물어볼 수가 없었다. 내 상상이 사실일까 봐 너무 두려웠다. 나는 애써 다른 걸 물었다.

"선생님, 제 친구 재환이는요? 재환이는 어떻게 됐어요?"

"재환이도 동원되었지. 동생 재식이는 아프니까 동원되지 않았고. 멀쩡한 애들은 다 동원되었으까 재환이도 당연히 끌려갔지."

나는 더 물어보기가 겁났다. 그래도 영분이 소식은 꼭 알고 싶었다. 영분이를 좋아하는 마음을 드러내기가 조금은 부끄러웠지만 용기를 냈다.

"선생님, 우리 동네 우물가에 살던 영분이 아시죠? 혹시 소식 아세요?"

선생의 표정이 갑자기 어두워졌다. 뭔가 알고 있다는 신호였다. 나는 다급해졌다.

"영분이도 끌려갔나요?"

"영분이 생각하면 너무 안 됐어. 걔가 예쁘장했잖니. 네가 떠난 후 영분이도 여맹인가 뭔가 동원되어서 바쁘게 지냈지. 그러다 어딘가로 사라졌는데 얼마 안 가서 다 죽어가는 몰골로 집으로 돌아왔어. 그때 영분이는 홀몸이 아니었어. 아무도 몰랐지. 점점 배가 불러오기 시작하던 어느 날, 고저항에서 영분이 시신이 발견됐단다. 너무 가여운 아이였어. 피어보지도 못하고 안타깝게 지고 말았지."

나는 숨을 쉴 수가 없었다. 아니 숨이 쉬어지지 않았다. 고향으로 돌아갈 날만 기다렸는데 이제 고향 소식이 점점 무서워지기 시작했다.

더 이상 대화를 나눌 수가 없었다. 나는 휘청거리며 진료실을 나와 천천히 걷다 공터에 털썩 주저앉았다. 내 안에서 뭔가가 빠져나가는 것 같았다.

그날 이후 몸이 점점 말을 듣지 않았다. 가끔 꿈에서 피투성이가 된 형이 나타나기도 하고, 영분이가 물속에서 자맥질하다가 천길 물속으로 가라앉기도 했다. 그런 꿈을 꾼 날이면 하루 종일 허공을 걷는 것처럼 발걸음이 휘청거렸다.

배가 아파 도저히 참을 수 없을 때쯤 다시 선생을 찾았다. 선생은 내 상태를 확인하더니 자세를 고쳐 앉고 나를 진지하게 타일렀다.

"전시라서 좋은 약을 구할 수가 없어. 너도 알지? 본인이 단단히 결심하고 스스로 고치는 수밖에 없어. 내가 시키는 대로 해 봐. 노력하면 꼭 좋아질 거야."

이제 막다른 골목이었다. 오랜 시간 동안 위장 때문에 고생하던 나는 그 선생이 시키는 대로 마음을 다잡고 먼저 식사부터 조절하기로 했다. 배고프고 기운이 없어 늘어질 지경이 되어도 식사량을 아주 적게 하고 오래오래 씹어서 먹었다. 그렇게 먹는 것이 어느 정도 습관이 되고 나니 소화제를 먹지 않아도 속이 괜찮았다.

목이 마를 때마다 마구마구 미셔내던 물도 참고 견뎠다.

연속되는 작업과 무더위 때문에 내 몸은 마치 물에 적신 솜덩이처럼 무겁고 나른했다. 그렇지만 살기 위해서 이를 악물었다. 거의 두 달 동안 그 선생이 시키는 대로 몸 관리를 하고 나니 위장병이 점점 나아졌다.

몸은 나아졌지만 선생을 만나려면 계속 아픈 척을 해야 했다. 어느 날 진료실에 찾아간 내게 선생이 말했다.

"참 그 생각난다. 민주 동무가 너랑 찍은 사진을 항상 갖고 있던데."

그 말을 들으니 눈물이 핑 돌았다. 고향을 떠나던 날 누나가 사진관으로 데려가서 찍은 그 사진을 나는 보지 못했다. 울음을 참고 간신히 물었다.

"그 사진 보셨어요? 어땠어요?"

"갑자기 찍은 게 표가 났지. 너도 네 누나도 불안한 기색이 얼굴에 가득해 보였어."

목이 메어 아무 말도 할 수 없었다. 이렇게 식구들이 뿔뿔이 흩어질 줄 알았으면 다같이 가족사진이라도 찍어둘 걸 하는 아쉬움이 밀려왔다.

'누나는 어딘가에서 지금도 그 사진을 가지고 있겠지?'

간이 진료소에 가는 게 커다란 위안이었는데 얼마 지나지 않아 선생은 다른 곳으로 떠나갔다. 나는 부모님과 헤어지는 것만큼이나 서운했다.

간이 진료소 선생에게 고저읍의 참상을 들은 후부터는 고향에 돌아가고 싶은 마음에 갈등이 일기 시작했다.

가지 않은 길로

1951년 10월, 소년 중대

그 즈음 수용소 안에 소년 중대가 조직되었는데 나도 거기에 들어갔다. 십 대들만 따로 모아 놓은 중대였는데, 거기에 소속되면 작업 동원이 면제되었다. 게다가 중등 과정과 고등 과정을 공부할 수 있었다. 가끔씩 자유와 민주주의에 대한 교육도 받고, 그것과 관련된 영화도 볼 수 있었다.

나는 소년 중대에서 보이 스카우트 활동도 했다. 나처럼 성인이나 다름없는 십 대들이 다른 소년 포로들 틈에 끼어 보이 스카우트 복장을 하고 고적대를 앞세워 행진을 하면, 다른 포로들이 흥미롭게 보면서 놀려댔다. 나 스스로도 약간 쑥스럽긴 했다. 하지만 작업도 면제되고 공부도 할 수 있었기에 그런 놀림쯤은 견딜 만했다.

소년 중대에 들어와 보니 매일 기도회를 했다. 찬송가도 불렀는데 나는 노래를 잘 못해서 따라 부르는 게 어색했다. 또 간단한 설교도 매일 들었는데 주일이 되면 교사들이 꼭 교회에 나가야 한다고 했다. 주일에는 수용소 강당을 교회로 사용했다. 외국인 선교사나 민간인 목사가 수용소에 들어와 목회를 인도했다.

나는 교회에 나가고 싶은 마음이 전혀 없었다. 신앙생활이란 게 도무지 마음에 와닿지 않았다. 고향에서 내가 형과 함께했던 일 때문에 죄책감이 들어서였는지도 모른다.

소년 중대에서 통천읍 금란리에 살았다는 친구를 만났는데, 그 친구는 늘 내게 교회에 가자고 권했다. 처음에는 이 핑계 저 핑계 대며 그 시간을 피하곤 했다. 그런데 친구가 하도 잡아끌어서 한두 번 교회에 나가기 시작했다. 교회에 나가도 내 마음은 달라지지 않았다. 모든 게 지루하기만 했다. 앞에서 기도를 시작하면 아예 잠을 청할 때도 있었다. 설교는 내용이 너무 허무맹랑한 것 같았다. 믿을 수 없는 이야기들만 한다고 생각했다.

얼마 후 성경책을 받아 읽어 보니 이것은 무슨 소린지 하나도 공감이 가지 않았다. 마태복음 첫 장에 나오는 예수 그리스도의 족보는 정말 이상한 글이었다. 말도 안 되고 싱겁고 멋대가리도 없는 글을 이렇게 장황하게 늘어 놓았나 싶었다. 그나마 괜찮았던 것은 예배 중 누군가가 부르는 특별 찬송을 듣는 일이었다. 주로 신학교에 다니는 학생이나 목사가 불렀는데 듣기에 참 좋았다.

그러던 어느 날 전도사의 설교를 듣게 되었다. 그 전도사는 다윗이 골리앗을 쳐서 이긴 이야기를 해 주었는데, 그 설교를 들으니 이상하게도 마음이 크게 움직였다. 보통 때 같으면 또 허튼 소리를 하는구나 했을 텐데 그날은 아니었다.

'아, 그런 일도 있을 수 있구나. 그것이 정말 가능하다면, 신앙은 참으로 위대한 것이구나.'

신기하게도 그런 생각이 들었다. 그날 이후 예수가 어떤 사람인지 궁금해졌다.

'예수라는 사람을 한번 믿어 볼까? 우선 성경을 읽어라도 보자.'

그 후부터 나는 열심히 성경을 읽었다. 어려운 한자 때문에 이해가 잘 되지 않아도 시간이 날 때마다 성경을 의무적으로 읽었다. 그 책을 읽을수록 그리스도가 누군지, 그는 어떤 삶을 살았는지 점점 더 알고 싶어졌다.

1952년 2월, 좌익 포로들의 횡포

유엔군과 공산군이 휴전 협정을 위한 회담을 진행하면서 포로들은 중대한 결정을 해야 했다. 남한과 북한 중 어느 한쪽을 선택해야 하는 결정이었다. 포로들은 생사의 갈림길에 서게 된 것 같았다.

유엔군과 한국군은 거제도에 있는 포로들에게 한국에 남을 것인지, 북한으로 돌아갈 것인지, 아니면 제3국을 선택할 것인지 결정하라고 했다. 이때부터 포로들은 심각한 고민에 빠졌다. 유엔군이 결정에 참고하라며 안내문을 써 붙였는데 그 내용은 매우 냉정했다.

1. 우리는 당신들의 장래 문제에 대하여 어떤 보장도 할 수 없다.

2. 당신들이 남한에 잔류힘으로써 북한에 있는 당신들의 부모 형제 친척들이 당할 고통과 압박에 대하여 우리는 아무런 책임을 질 수 없다.

3. 당신들이 대한민국을 선택했을 때 대한민국의 시민으로서 겪

게 될 생활 문제에 대해서도 역시 책임을 질 수 없다.

그 안내문은 대한민국에 남지 말고 북한으로 돌아가는 게
좋다는 뉘앙스가 강했다. 적색 수용소에 있는 김일성 찬양 포
로들은 무조건 북한으로 돌아가기를 희망했지만, 그들을 제
외한 다른 포로들은 어딜 선택할지 고민하며 밤잠을 설쳤다.

그 무렵 포로 교환 문제가 교착 상태에 빠졌다는 말이 돌
았다. 그와 동시에 수용소 안에서 좌우익 진영 간 갈등이 극
심해졌다. 93수용소에서는 대한반공청년단이 조직되어 92,
95수용소의 적색 포로들과 철조망을 사이에 두고 대치했다.
싸움은 훨씬 더 격렬해졌고 급기야는 부상자가 발생했다.

적색 수용소에는 대낮에도 인공기가 게양되었다. 그 안에
서 남한을 옹호하는 사람이 생기면 북에서 하던 대로 인민
재판을 해서 그 사람을 처형했다. 수용소 경비 당국자들을 수
용소에 들여보내지도 않았다. 좌익 수용소의 횡포는 도를 넘
어서고 있었다. 95수용소는 한밤중에 기관총 집중 사격을 받
았다.

어느 날 작업을 나갔을 때였다. 수용소가 내려다보이는 곳
에서 일을 하고 있는데 갑자기 수용소 쪽에서 아우성이 들렸

다. 처음에는 대수롭지 않게 여겼다. 그런데 얼마 후 장갑차들이 76수용소로 생각되는 곳 주변을 포위하더니 발포를 시작했다. 수용소 정문으로 다른 장갑차들이 보병들과 함께 들어가는 게 보였다. 순식간에 전쟁터를 연상시킬 만큼 포로들이 집결하고 있었다.

76수용소는 악명 높은 적색 수용소였다. 그 안에서 우익이 발견되면 살해하여 그 피로 인공기를 그린 띠를 만들고, 그것을 다른 이들이 머리에 두른다는 소문이 나돌 정도였다. 결국 미군이 이들에게 발포를 했고, 이 사건으로 이백여 명이 넘는 사상자가 나왔다. 나중에 알게 된 일이지만, 좌익 포로들은 그해 5월 포로수용소장인 도드 준장을 납치하는 일까지 벌여 많은 이들을 경악케 했다.

나는 좌익 수용소의 횡포에 치가 떨렸다. 나뿐만이 아니었다. 북한으로 돌아가면 좌익 수용소에서 하는 모든 부당한 일을 당해야 할 거라면서 수많은 포로들이 절대로 북한으로 가지 않겠다고 다짐했다. 우리 수용소에서는 혈서를 써서 북한 공산 치하로 송환되는 것을 적극 반대한다는 탄원서를 냈다.

나도 혈서를 쓰느라 면도날로 새끼손가락을 조금 쨌다. 하지만 어떤 진심을 가지고 혈서를 쓴 것은 아니었다. 괜히 다른 사람들을 따라하지 않았다가 눈총을 받을까 봐 무서웠던 마음이 더 컸다.

혈서를 쓰고 나서 나는 내면의 격렬한 혼란기를 맞았다. 내 결정이 잘한 일인지 잘못한 일인지 계속 고민했다. 나중에는 먹고 자는 것을 잊어버릴 정도로 이 문제와 싸웠다. 그리고 어느 날부턴가 내 안에서 또 다른 내가 계속 나를 질책했다.

'너는 이전에 교회를 핍박하던 자가 아니냐? 네가 예수를 믿는다고? 너 때문에 고저읍 교회는 1948년과 1949년의 성탄 축하 예배를 드리지 못했다는 걸 잊었느냐? 너의 형은 자기를 가르치고 인도하던 나이 많은 목사의 멱살을 잡아당기며 덤벼들었지. 더더구나 민청 위원장으로, 열렬한 공산당원으로 활동하지 않았느냐? 또 너도 열렬한 소년단원으로 일하지 않았느냐? 너는 공산당의 무기를 들고 하나님을 믿는 신앙의 자유가 있는 이 남한을 향해 침략군으로 오지 않았느냐? 네가 감히 어떻게 그 커다란 죄과를 씻을 수 있다고 믿느냐? 네 고향과 네 부모 형제를 헌신짝처럼 버리고 너만 자유롭기를 바라는 간악한 이기주의자가 아니냐 말이다. 그런 네가 감히 예수 그리스도를 믿겠다는 거냐?'

나는 내 안에서 들리는 소리에 귀를 막았다. 그러면 또 다른 내가 나에게 질문을 퍼부었다.

'성경의 기사들이야말로 허무맹랑한 날조라는 것을 이해하지 못하겠느냐? 동정녀가 어떻게 예수를 낳을 수 있으며, 죽었던 사람이 어떻게 살아나느냐 말이다. 그 말도 안 되는 허무맹랑한 교리를 네가 진정 믿을 수 있다는 거냐? 그리스도가 너를 위해서 십자가에서 죽었다는 건 말짱 거짓말이다. 설사 그렇다 해도 어떻게 너의 죄과를 이천 년 전에 죽은 예수 그리스도가 대신 소멸시킬 수 있다는 말이냐?'

고민하면 할수록 또 다른 의문이 내 마음을 짓누르고 나를 시험했다. 나는 때로 교회에 나가지 않았다. 그럴수록 마음이 괴로워 미칠 것만 같았다. 어쩌다 교회에 나가도 설교가 마음에 들어오지 않았다. 한 달도 넘게 마음과 또 다른 마음과 싸움을 했다. 주저함과 방황과 갈등과 회의의 늪에서 헤어날 줄을 몰랐다.

그때 나는 소년 중대에서 어떤 교사의 배려로 간이 진료소에서 일하게 되어 편하게 생활할 수 있었다. 오전 중에 환자들을 치료하는 것을 보조하는 일이었는데, 그곳에서 로스라는 흑인 중사를 만나 친하게 지냈다. 오후에는 그와 농구도 하고 영어도 배울 수 있었다.

로스 중사는 아주 착실한 기독교인이었다. 그는 마음이 따뜻하고 남을 배려하는 아주 좋은 사람이었다. 로스 중사를 대하면서 나는 그리스도를 믿는 것이 좋다는 확신을 가질 수 있었다.

1952년 3월, 생의 선택

포로들은 이제 결정해야 했다. 북한으로 갈 것인지, 남한에 남을 것인지, 중립국을 택할 것인지 결정은 포로 자신의 몫이었다. 수용소에서는 면접을 실시해 포로들의 의사를 파악한다고 했다.

도저히 쉽게 결정을 내릴 수가 없었다. 고향은 항상 그리웠다. 부모님, 형, 누나와 재환이는 언제나 그리운 존재였다. 고향 산천을 다시 볼 수 있다면, 가서 예전처럼 뛰놀 수 있다면, 그게 확실하다면 무조건 돌아가는 게 맞았다.

그러나 형도, 누나도, 엄마도 그 누구도 옛날 그 모습이 아닐 게 뻔했다. 그동안 들은 모든 소식을 돌이켜볼 때 그리운 고향은 이미 다 파괴되었을 것이 분명했다. 그리운 사람들은 이제 내 마음속에서만 산다는 결론에 이르렀다.

하지만 만약에, 정말 만약에 부모님이 나를 기다린다면, 형과 누나가, 또 재환이가 모두 아무 탈 없이 나를 기다리고 있다면, 그렇다면 내가 남한을 택하는 것은 그들에게 엄청난 형벌과 고통을 주는 일이었다.

'어떻게 해야 할까?'

마음의 갈등은 잠도 쫓아내고 입맛도 달아나게 했다. 수용소에서 만난 고향 친구는 시간이 날 때마다 내게 북으로 돌아가자고 졸랐다. 역시 그곳에서 만난 동네 형도 북으로 가겠다고 했다. 내게 같이 가자고 권하지는 않았지만, 그러기를 은근히 바라는 눈치였다.

무엇보다 내가 걷기 시작한 신앙의 길에서 이제 생명의 빛을 찾기 시작한 때라 더욱더 망설여졌다. 북한에 가면 신앙생활을 할 수 없었다. 아니 북한에 가서 기독교를 믿으면 곧 죽음이었다. 북한에서 사람답게 살기는 어려울 것 같았다.

하지만 남한에서 살자니 가족과 고향이 걸렸다. 참으로 어찌해야 좋을지 하루에도 몇십 번씩 생각이 왔다갔다 했다. 그때마다 마음속으로 기도했다. 내가 올바른 선택을 하게 해 달라고 신에게 매달렸다.

면접 당일, 수용소에 있는 모든 포로가 수용소 광장에 마련된 천막 앞에 줄지어 앉았다. 그날 아침까지 나는 북한으로 돌아갈 것인지 남한에 남을 것인지에 대해 결심을 굳히지 못했다.

갑자기 내 옆으로 고향 친구가 다가왔다. 그 친구는 내가 당연히 북으로 갈 것이라 생각했는지 다정스레 내 어깨를 치며 씩 웃어보였다. 그때 나도 모르게 더 이상 망설여선 안 된다는 생각이 들었다. 그 친구에게 확실하게 알려줘야 했다.

"난 남쪽에 남을 거야."

"무슨 말이야? 나도 돌아가는데 넌 어쩌려고 그래? 여기에 남으면 무슨 생활 대책이라도 있어? 아무것도 보장해 줄 수 없다잖아? 나랑 같이 돌아가자. 너의 부모님이랑 가족은 어쩌려고 그래?"

부모님이란 말에 눈물이 왈칵 솟았다. 그러나 입술을 굳게 다물고 고개를 저었다.

"너는 금방 후회할 거야."

그 친구는 냉정하게 말하고는 자기 자리에 앉아 더 이상 나를 보지 않았다.

북으로 귀환을 원하는 포로는 면접이 끝나면 곧 대기한 트럭을 타고 어디론가 실려 갔다. 남쪽에 남기를 원하는 포로는 수용소 주위에 둘러쳐진 이중 철조망 사이의 공지에 들어가 앉았다.

93수용소에서는 3분의 1이 넘는 포로들이 북으로 귀환을 희망했다. 적색 수용소에서는 아예 면접을 거부했다. 94수용소에 있던 내 친구와 형의 친구들, 96수용소에 있던 포로들도 북으로 가겠다고 결정했다.

북한으로 돌아가려는 포로들은 남쪽에서 전쟁을 먼저 일으켰다는 김일성의 주장을 그대로 신봉했다. 처음에는 나도 김일성이 주장하는 것처럼 남반부에서 전쟁을 일으킨 줄 알았다.

그러나 통천을 떠나 오랜 행군을 하는 동안 김일성이 아주 오래전부터 전쟁을 준비했다는 것을 곳곳에서 확인할 수 있었다. 산에 전쟁을 수행할 수 있는 길을 만들어 놓고 참호를 파 놓은 걸 눈으로 봤기 때문에, 전쟁을 일으킨 쪽이 북쪽이라는 건 다른 포로들도 다 아는 사실이었다.

나는 남쪽에 남기로 했다. 가장 큰 이유는 신앙생활을 하기 위해서였다. 하지만 물론 그것 때문만은 아니었다. 나는 고향으로 돌아가기가 겁이 났다. 어쩌면 죽었을지도 모를 형과 고저항에 투신했다는 영분이의 영혼을 마주할 용기가 나지 않았다. 재환이, 창균이, 종규, 그리고 다른 친구들의 생사를 확인하는 것도 두려웠다.

차라리 내 마음속에 영원히 살게 하는 게 낫다는 생각이 앞섰다. 부모님의 가슴에 대못을 친다는 죄책감에 마음이 찢어질 듯했지만, 어쩔 수 없었다.

어릴 때 천진난만하게 살던 그 고향은 이제 내 마음속에만 있는 낙원이었다. 앞으로 고향에 간다 해도 예전처럼 살 수는 없을 게 뻔했다. 고향에 다시 돌아간다 해도, 그 땅은 내 아름다운 추억과는 전혀 다른 살벌한 인민공화국이 되어 있을 터였다. 인민공화국이 살벌하다는 증거는 이미 좌익 포로들이 여실히 보여 주었다.

거제도 포로 소요 사건

1952년 2월부터 거제도에 수용된 포로들이 일련의 폭동을 일으켜 많은 사상자가 발생했다. 그러던 중 5월, 포로들은 급기야 포로수용소장인 도트 준장을 납치해 자신들의 요구를 수용소 측이 수용할 것을 요구했다. 사건은 콜슨 준장이 포로들의 요구를 수용하고, 그 결과 도드 준장이 풀려나면서 일단락되는 듯했다. 그러나 유엔군 사령관 클라크 대장은 콜슨과 포로들 간의 협정을 무효화했고, 포로수용소를 관리하는 병력을 대대적으로 정비했다.

- 한국민족문화대백과사전(http://encykorea.aks.ac.kr),

위키피디아(https://ko.wikipedia.org) 참고

중단된 전쟁, 새로운 시작

1953년 4월, 세례

남쪽을 택한 포로들은 광주 수용소로 이동했다. 1953년 봄 부활주일, 그곳에서 나는 드디어 세례를 받았다. 그때 수십 명이 함께 세례를 받았는데, 감격과 기쁨으로 온몸이 떨리기까지 했다. 그 즈음, 유엔군과 공산군이 오랫동안 설왕설래하며 말만 무성했던 포로 송환이 드디어 시작됐다.

1950년 6월 25일에 전쟁을 일으킨 북한은 삼팔선을 넘어 파죽지세로 탱크를 몰고 사흘 만에 서울을 점령했다. 국방군은 첫날 삼팔선에서 인민군에게 맞섰지만 전쟁 준비가 전혀 되어 있지 않아 남쪽으로 후퇴를 거듭해야 했다. 6월 28일,

한강 철교를 폭파해서 인민군의 질주를 임시로 막긴 했지만 역부족이었다. 이틀 뒤 인민군은 한강을 건너 물밀듯이 남쪽으로 내려갔다.

9월에 대구까지 점령한 인민군은 금세 부산까지 쳐들어가 한반도를 완전히 점령할 것 같았다. 이때 유엔군이 참전했고, 낙동강을 경계로 치열한 전투가 벌어졌다. 국방군과 유엔군은 낙동강에서 밀리면 끝이라는 생각으로 전력을 다했다.

맥아더 장군은 인천 상륙 작전을 성공시켜 9월 28일에 서울을 수복하고, 유엔군은 그해 11월 압록강까지 진격했다. 그러나 중공군의 개입으로 유엔군과 국방군은 1951년 1월 4일 다시 남쪽으로 후퇴했다. 그 후 2년여 동안 전쟁은 삼팔선을 사이에 두고 서로 밀고 밀리면서 양측에 심각한 피해만 주고 끝날 기미가 보이지 않았다.

그러던 중 소련이 처음으로 휴전을 제의했고 유엔군도 휴전 회담을 시작했다. 이승만 대통령은 휴전을 반대하며 반드시 전쟁을 끝내야 한다고 주장했지만, 휴전 회담은 계속됐다. 회담 대표들은 제네바 협약 제109조에 따라 병에 걸렸거나 부상당한 포로들을 우선적으로 교환하기로 합의하고, 1953년 4월부터 포로 교환을 시작했다.

남한에서는 휴전 협정 반대 시위가 계속 열렸다. 국회의원들도 한국이 완전하게 통일되기 전에는 유엔군의 어떤 결정도 따르지 않겠다고 결의했다. 이승만은 휴전 협정을 극구 반대하며 유엔군과 공산군 측이 대한민국에서 철수하고, 그 전에 한국과 미국이 상호 방위 조약을 체결하자고 요구했다. 그러나 유엔군은 이승만의 요구를 받아들이지 않았다.

1953년 6월, 유엔군과 공산군은 휴전 회담의 난제였던 포로 송환 문제에 관해 합의를 이끌어냈다. 본국 송환을 거부하는 포로들을 중립국 송환 위원회가 관리하게 한 것이다. 그러나 이승만은 이 결정을 받아들일 수 없었다. 인민군 포로 중에는 북한이 남한을 점령했을 때 징집한 남한 청년 3만 5천여 명도 포함되어 있었기 때문에, 그 청년들은 중립국이 아니라 남한에 남아야 한다고 생각했던 것이다.

이승만은 결국 유엔군의 결정을 무시하고 1953년 6월 18일 새벽 2시에 '반공 포로 석방'을 단행했다. 반공 포로 석방은 포로들을 탈출시키는 방식으로 이루어졌다. 남한에 있는 포로를 석방시키는 권한은 유엔군에게 있었기 때문에 이승만은 이들을 몰래 탈출시킬 수밖에 없었다.

1953년 6월 18일, 탈출

그날 자정 무렵부터 광주 포로수용소에는 긴장감이 돌았다. 국방군 헌병대가 반공 포로들이 탈출하도록 철조망을 미리 뚫어 놓는다는 소식이 들렸다. 포로들은 서로 조심조심 소식을 전하며 수용소를 감독하는 미군의 눈을 피해 철조망 주변으로 모여들었다.

그런데 내가 다가갔던 쪽에는 철조망이 아직 그대로 있었다. 잠시 머뭇거리던 나는 눈을 딱 감고 심호흡을 하고는 철조망을 기어올랐다. 그렇게 철조망을 넘어선 순간, 기관총 사격 소리가 요란하게 울려 퍼졌다. 다행히 그 소리는 내 쪽을 향한 것이 아니었다.

수용소 밖은 칠흑같이 어두웠다. 막상 탈출은 했지만 별다른 계획도 없었고 길도 몰랐기에 우왕좌왕하다가 많은 시간을 보냈다. 어찌된 영문인지 한참을 가도 다시 수용소가 나타나곤 했다. 나는 당황해서 이리 뛰고 저리 뛰다 성서와 찬송가가 들어 있던 가방마저 잃어버렸고, 논두렁에서 넘어져 논바닥을 뒹굴기도 했다. 그야말로 엉망진창이었다.

나는 함께 탈출한 사람들과 의논 끝에 무작정 산으로 올라가기로 했다. 앞이 보이지 않을 때는 내가 어디에 있는지 알아야 어디로 갈지 결정할 수 있기 때문이다. 산에 올라가 우리가 있는 위치와 수용소가 어디에 있는지 방향을 살폈다.

우리는 수용소 반대 방향으로 가야 했다. 길도 없는 산길을 걸어 내려갔다. 새벽녘이 되어서야 우리는 산골짜기에 있는 절간에 도착했다. 그곳에서 모두 쓰러졌는데 내가 신고 나온 농구화는 한 짝이 앞코가 찢어져서 발가락이 나와 있었고 내 양쪽 손바닥에는 피가 거무죽죽하게 말라붙어 있었다. 철조망 가시에 찔린 자국이었다. 나는 아픈 줄도 몰랐다.

스님에게 길을 물어 남평에 도착했다. 그곳에서 경찰과 민간인들이 식사도 대접해 주고 길도 안내해 주었다. 이미 반공 포로를 석방한다는 소식이 전해져서 우리를 그렇게 환영했던 것이다. 우리는 남평에서 열차를 타고 벌교역까지 갔다가 거기서 고흥으로 내려갔다.

고흥에 도착한 후에야 안심할 수 있었다. 우리가 있던 광주 수용소에서는 희생자가 많이 생겼다고 했다. 수용소 바로 옆 미군 부대에서 포로들의 탈출을 저지하기 위해 무차별 사격을 가했기 때문이다. 또 광주 시내 쪽으로 도망친 자들은 가두 검문에 걸려 다시 수용되었다고 했다.

나는 고향을 버리고, 부모 형제를 버리고, 오직 마음속에 아름다운 추억만 간직한 채 새로운 삶을 살겠다고 도전을 한 셈이었다.

열여섯 살에 내 의사와는 아무 상관도 없이 동원되어 전쟁이 뭔지도 모른 채, 왜 전쟁을 해야 하는지, 내가 전쟁터에서 무엇을 해야 하는지도 모른 채 4년 동안 끝없는 고통과 고난의 길을 걸었다.

전쟁터에서 전투를 체험한 건 인민군으로 동원된 그해 9월, 유엔군의 인천상륙작전으로 후퇴를 하면서 삶과 죽음이 널려 있는 전장에서 한 달가량을 보낸 게 전부였다. 그때 나는 전쟁이 어떤 것인지를 직접 눈으로 보며 수없이 죽음의 문턱을 넘나들었다.

그 후 나는 탈주병이 되었고, 고향으로 가던 중 임시 포로수용소에 넘겨져 그길로 서울, 인천, 부산, 거제도, 광주의 수용소를 전전하며 고통과 굶주림과 학대와 갈등의 시간을 보냈다.

지금부터 나는 새로운 삶을, 내가 선택한 나의 삶을 펼쳐나갈 것이다. 그 길이 어떤 길인지 나는 알지 못한다. 이제 내나이 스무 살, 내 앞에 어떤 고난이 닥쳐도 스스로 선택한 이

삶을 최선을 다해 살아갈 것이다. 곧 통일이 될 것으로 믿는다. 그때 나는 가장 먼저 내 고향으로 달려갈 것이다.

70년 후

2020년 6월, 현우의 기록

현우는 할아버지가 써 놓은 수기를 6월 한 달 내내 곱씹으며 읽었다. 한국전쟁이 이제 더 이상 먼 이야기가 아니었다. 할아버지의 생생한 체험을 통해 현우는 전쟁의 참혹한 실상을 알 수 있었다.

특히 언젠가 TV 다큐멘터리에서 보았던 거제도 포로수용소 이야기의 당사자가 할아버지라는 사실에 놀랐다. 또 아프리카 내전이나 IS처럼 잔인한 테러 조직에나 있는 줄 알았던 소년병이 한국전쟁 기간 동안 흔한 존재였다는 점에 마음이 아팠다.

할아버지가 왜 그 먼 고성의 요양원을 고집하는지도 전보다 더 이해할 수 있었다.

그런데 한 가지 의문이 들었다. 아빠가 말수가 적은 게 왜 할아버지 탓이라는 걸까? 수기를 다 읽은 후 시간을 내 엄마에게 물었다.

"아빠가 말없고 무뚝뚝한 게 할아버지와 무슨 연관이 있는 거에요? 할아버지는 다 당신 탓이라고 하셨는데."

"할아버지가 인민군이었잖니?"

현우는 그게 왜 문제가 되는 건지 이해할 수가 없었다.

"정식 군인이라고 할 수 없는 소년이었잖아요? 그리고 인민군이었더라도 대한민국을 선택했는데 그게 무슨 문제가 돼요?"

현우는 점점 더 궁금했다.

"북한과 남한은 적대국이었잖아. 그러니까 북한 출신들은 항상 차별을 당했어."

"왜요? 할아버지는 여기서 다시 군대도 가셨다면서요?"

"할아버지가 나빠서가 아니라, 이 나라가, 아니 그 시대가 문제였던 거야. 전쟁이 끝났어도 냉전이라는 이념 전쟁은 계속됐거든. 북한 같은 사회주의 나라는 악마 같은 존재였어. 그러니깐 북한 출신이라면 일단 색안경을 끼고 본 거지. 더구나 인민군 출신이라면 할 말 다했지, 뭐. 가족 중에 그런 사람이 있으면 대부분 쉬쉬하고 다녔는데, 직장을 구하거나 사회 생활을 할 때면 신원 조회라는 걸 해서 그걸 감출 수가 없었어. 그래서 특히 공무원은 꿈도 못 꿨지. 네 아빠는 경찰이 되고 싶었는데 할아버지의 출신 때문에 할 수가 없었던 거야."

현우는 엄마의 말에 분노를 느꼈다.

"그런 법이 어딨어요? 완전 인권 침해 아니에요?"

"그런 법이 있었단다. 옛날엔 그랬어. 일종의 연좌제(범죄 인과 특정한 관계에 있는 사람에게 연대 책임을 지게 하고 처벌하는 제도) 같은 거지. 네 아빠 항상 말도 조심해야 하고 사람도 가려서 만나야 했어. 하고 싶은 것도 포기해야 했고. 얼마나 고역이 었겠니."

그런 시대 배경을 알고 나니 아빠가 다시 보였다. 현우는 그동안 아빠에게 쌓였던 불만보다 측은한 마음이 더 커지는 걸 느꼈다. 이제 아빠를 조금이나마 이해할 수 있을 것 같았다. 현우는 조금 더 시간이 흐른 후에 아빠와 터놓고 이 이야기를 해 봐야겠다고 생각했다.

며칠 후, 현우는 수현이와 만나 힐아버지의 수기에 대해 이야기를 나눴다.

"와! 대박! 이거 진짜야?"

수현이가 할아버지의 수기를 보자마자 감탄사를 연발했다.

"난 옆집 할머니한테 전쟁 때 기억나시느냐고 겨우 물어봤는데, 그때 학도병으로 나간 오빠가 지금까지도 어떻게 됐는지 모른다고 하면서 막 우시더라."

현우와 수현이는 할아버지와 할머니의 증언을 어떻게 기록해서 전시할지 한참을 궁리했다. 할아버지의 수기를 읽기 전까지만 해도 현우는 이 동아리 과제를 그저 빨리 해치울 생각뿐이었다.

그러나 이제는 달랐다. 할아버지의 이야기를 어떻게 세상에 내보일지, 그 가슴 아픈 사연을 사람들에게 어떻게 전달할지 고민이 되었다.

그러다 문득 할아버지의 얼굴이 떠올랐다. 전망대 위에 선 할아버지가 먼 고향을 하염없이 바라보고 계셨다. 현우는 할아버지가 생전에 그 고향 땅을 다시 가 보시길 진심으로 바랐다.

'우리의 소원은 통일'이라는 게 할아버지와 같은 사람에게는 그냥 하는 말일 수 없겠다는 생각이 퍼뜩 들었다. 분단, 실향민, 통일이라는 말들이 현우의 삶에 훅하고 들어온 순간이었다.

현우와 수현이는 네임펜을 들었다. 그러고는 빳빳한 파란 색 종이 위에 자신들이 각색한 증언들을 한 자 한 자 적어 나 가기 시작했다.

작가의 말

    몇 년 전, 나는 우연히 이 소설 속 주인공이 쓴 수기를 건네받았다. 원본을 받은 것은 아니고, 주인공의 자녀가 원본 한 장 한 장을 정성스레 스캔하여 만들어 놓은 파일이었다. 수기는 주인공이 6.25를 중심으로 자신의 삶을 회고하는 형식으로 쓰여 있었다.

    주인공은 지난날의 일기를 참고해 1977년에 이 수기를 썼다. 한국전쟁이 일어난 지 이십 년 하고도 칠 년이 지난 때였다. 전쟁은 철없는 소년이었던 주인공을 하루아침에 너무 커서 소매를 접어야 하는 군복을 입은 군인으로 만들었다. 주인공이 다니던 고등학교 학생들은 가족들과 인사는커녕 입은 옷 그대로 고향을 떠나야 했다.

    학교에서 징집되어 차에 오르는 순간에도, 자면서 걷는 야간 행군 순간에도, 공습을 받아 언제 죽을지 모르는 순간에도, 자신의 의지와 상관없이 사람을 죽이거나 본인이 죽을 수 있는 전투에 투입되는 순간에도 주인공은 저항하거나 이

유를 물을 수 없었다. 그는 어느날 어른들의 세계에 갑자기 뛰어든 새내기 고등학생이었고, 전쟁의 광기에 어떻게 하든 살아남고 싶은 한 인간일 뿐이었다. 그가 바라는 건 단 하나. 어서 빨리 전쟁을 끝내고 집으로 돌아가는 것. 전쟁의 소용돌이에 휩쓸려 집을 떠나는 순간부터 그는 부모님과 친구들을 만날 수 있는 집으로 돌아가기만을 바라고 또 바랐다.

주인공이 일기처럼 적어나간 전쟁의 기록을 읽는 순간마다 필자의 눈앞에는 수많은 소년병들이 지치고 슬픈 표정으로 나타났다. 그들은 주인공처럼 자기 키보다 더 큰 소총을 어깨에 맨 채 질질 끌고다니기도 했고, 손에 쥔 주먹밥을 허겁지겁 먹으면서 적개심 가득한 눈으로 필자를 쏘아보기도 했다. 손가락을 벌벌 떨면서 적진을 향해 방아쇠를 당기기도 했고, 감정이 사라진 듯 무표정한 얼굴로 참호속에 웅크려 있기도 했다.

주인공은 인민군으로 동원되어 한 달가량 전투를 치렀고, 유엔군의 인천상륙작전으로 패잔병이 되어 후퇴하던 와중에 감시가 소홀한 틈을 타 탈주했다. 고향으로, 가족의 품으로 돌아가고 싶었기 때문이다. 그러나 그는 집으로 가는 도중에 국군의 포로가 되었다.

한국전쟁 시기에 인민군의 시각으로 전쟁을 관찰한 수기는 국내에 흔치 않다. 또한 포로가 된 이후 여러 포로수용소를 전전하면서 당시의 사건들과 포로들의 상황을 꼼꼼히 기록한 이 수기에 필자는 어느 역사서적 못지않은 가치를 부여하고 싶다. 개인의 기록이 역사가 기록하지 않은 진실에 더욱 근접해 있는 경우가 허다하므로.

주인공은 집으로 돌아가려는 일념으로 목숨을 걸고 인민군대를 탈주했으나 이번에는 국군측 포로가 되었다. 이후 인천과 부산, 거제도와 광주의 포로수용소를 전전하며 1950년 말부터 휴전협정이 막바지에 이른 1953년 6월까지 인민군 포로로서 어렵고 힘든 시간을 보내야 했다. 포로들은 모진 학대와 고통에 시달렸다. 더러운 수건 조각에 밥과 국을 받아 흐르는 국물을 핥아먹어야 할 때도 있었고, 경비병들의 몽둥이질이 무서워 작업을 하다 다쳐도 아픈 티를 낼 수 없었다. 포로들 사이에서 북으로 돌아가려는 공산포로들과 남에 남으려는 포로들 사이의 갈등과 폭력을 경험하면서 이 땅의 이념 전쟁도 겪어야 했다.

주인공이 비참한 상황을 버틸 수 있었던 건, 언젠간 고향으로 돌아가 가족의 얼굴을 다시 볼 수 있으리라는 희망을 놓지 않았기 때문이다. 포로들을 곧 집으로 보내준다는 말을 듣고 주인공은 잠시 희망을 품기도 했지만 다른 수용소로 옮길 때마다 현실은 희망과는 점점 거리가 멀어져갔다.

그는 결국 고향으로 돌아가지 못했다. 아니 돌아가지 않는 선택을 했다. 그것은 시대가 강요한 선택 아닌 선택이었다. 그는 신앙의 자유와 새로운 삶을 찾아 남한을 선택했지만, 그렇다고 해서 그가 가족과 고향을 저버린 결심을 했다고 말할 수는 없을 것이다. 포로수용소에서 경험한 좌익 포로들의 횡포와 고향 출신 다른 포로들이 전해준 고향의 달라진 모습은 그동안 그가 작은 촛불처럼 가슴에 켜놓은 희망이 허상에 불과할 수도 있다는 현실을 일깨워 주었다. 그는 수용소에서 청소년기를 보내며 전쟁으로 갈라진 조국에서 이제 자신만의 선택을 내리고 새로운 삶을 모색해야 했다.

수기를 다 읽고 나서 문득 이십여 년 전의 '소떼 방북 사건'이 떠올랐다. 요즘 청소년들에게는 생소한 일이겠지만, 1998년 6월 당시 현대그룹의 명예회장이었던 고 정주영 씨가 소 오백 마리를 트럭에 싣고 판문점을 넘어 북한의 고향을 방문했다. 여기에는 특별한 사연이 있었다. 소년 시절에 아버지의 소를 판 돈 칠십 원을 훔쳐 고향을 떠난 그가, 여든이 넘어 그 빚을 갚으러 간 것이었다. 그런데 공교롭게도 그의 고향은 주인공의 고향과 같은 강원도 통천군이었다.

그날 북으로 가는 소들을 환송하러 천여 명의 실향민이 임진각을 가득 메웠다. 트럭이 도착하자 한 실향민이 소 한 마리를 한없이 어루만지며 아이처럼 울음보를 터뜨렸다. 그 사람 뒤에는 "우리의 소식도 함께 전해 주오"라고 쓴 현수막이 걸려 있었다.

소도 가는 고향 땅을 결코 갈 수 없는 사람들. 실향민은 지금도 이 땅에서 혹은 저승에서 고향을 그리워하고 있을 것이다. 우리의 주인공도 그들 중 한 명이다. 그 그리움은 주인공이 연필로 꾹꾹 눌러 공들여 그린 고향의 모습과 지도에 고스란히 나타나 있다.

실향민들의 아픔은 그뿐만이 아니었다. 전후 한국 사회에서 그들과 그 가족들은 숱한 차별을 당했다. 반공 이데올로기는 '이북 출신'이라는 낙인을 만들어 이유 없이 불이익을 당하게 했고, 심한 경우 그들을 감시의 대상으로 삼기도 했다. 시대가 변해 이제는 나쁜 제도와 관행이 폐지되었다지만, 상처는 자국을 남기는 법이다. 내게 수기를 건네준 주인공의 가족들은 아버지의 이름은 물론이고 동네사람들의 실명을 밝히지 않는 조건으로 출판을 허락했다. 아직도 북측에 가족이나 친척이 살아 있을 수 있고, 이 책으로 인해 혹시 고향사람 누구라도 불이익을 당하지 않을까 하는 염려가 역력했다. 그래서 수기를 소설로 재구성하면서 실명은 모두 바꾸었다. 수기를 남긴 주인공과 소설로 쓸 수 있게 허락해 준 가족분들께 감사드린다.

나는 이 책을 통해 독자들이 전쟁 속에서 살아남은 한 인민군 소년병의 아픔과 희망을 함께 느낄 수 있기를 바란다. 아울러 청소년들이 평화와 통일 문제에 좀 더 관심을 갖게 되었으면 한다. 한반도의 완전한 평화를 이루고, 이산가족의 한을 풀고, 전쟁의 아픔을 치유하는 궁극적인 길은 남과 북의 통일이라고 생각한다. 통일을 이루려면 먼저 평화를 정착시켜야 하고 이를 위해서는 남북간의 이해와 교류를 통한 상호공존의 분위기가 조성되어야 할 것이다.

한 가지 더 바람이 있다면, 통일이 되는 날 주인공의 유언대로 그의 유해와 수기를 고향 땅에 묻을 때 이 책도 함께 묻혔으면 한다.

2020년 8월 문영숙

부록: 강원도 통천군 고저읍과 그 주변 지도

지도와 그림은 수기의 주인공이 직접 그려 글과 함께 수기에 기록해 놓은 것이다.

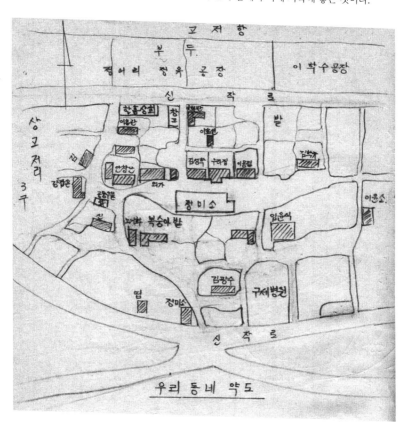

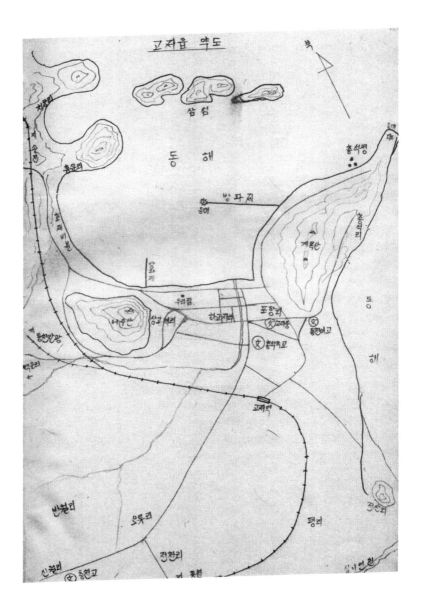

고자읍 약도

고 저 항